武士の職分

江戸役人物語

上田秀人

目次

変わった役職についてのまえがき

人は日々働き、報酬を得て生きている。皆、なにかしらの職業に就いている。大工、左官、プログラマー、医者、公務員、サラリーマンなど、職業は多岐にわたる。職業に貴賤はない。収入や、社会的名声には多少の差はあるが、皆、精一杯働いているのだ。

もっともなかには、職業と言えるのかと悩むようなものもある。

かつて大阪府に施設の扉を開け閉めするだけの職員がいたらしい。朝、鍵を開け、夕方閉める。間はずっと新聞を読んでいるか、昼寝をしているかだったらしいが、平均以上の収入を得ていたという。これで公務員だなどと誇られては、毎日頭を下げて営業しているサラリーマンや背筋や腰に負担をかけながら書類整理をしている事務職に失礼である。

戦前の三井だったか住友だったか、財閥には家の雨戸を開け閉めするだけの使用人がいたと聞いた。家が大きすぎ、夜明けとともに母屋の雨戸を開け、離れの雨戸を開け、使用人たちの部屋の雨戸を開け、とするだけで、半日が潰れたらしい。最後の雨戸を開けるなり、それを閉め、逆順に戸締まりしていく。朝一番に開けた雨戸を閉めるとき、ちょうど日没になったとか。真実の話かどうかはわからないが、今に伝わっているのだ。まんざら嘘でもあるまい。もっともこちらのほうが、扉を開け閉めするだけの役目よりはるかにましである。朝から晩まで働きづめなのだ。

職業は、どれをとっても大変なものである。経験が要る、技が要る、人の和も要る。

こうやって考えてみると、小説家というのはかなりいい加減な仕事だとわかる。なにせ、経験、学歴、職歴、年齢、性別、いっさい関係ない。小学生でも小説家はできる。八十歳の新人作家がいてもおかしくない。

小説家というのは、己の頭のなかにしかない世界を、いや、妄想を書き連ねているだけで、何一つ作りあげてもいない。

これは当然のことかも知れないが、私が開業歯科医師をしながら作家を兼業していたときの確定申告の職業欄は、歯科医師・その他であった。種別が自営業であったからだろうか。ちなみに今は自由業であり、職業欄は作家である。

まあ、作家が職業といえるかどうかは別にして……。

現代は、職業にはいろいろな規制がかかっている。その代表が医者や弁護士といった資格を必要とするものだ。憲法に保障された職業選択の自由を声高に叫んでも、医学部を出て、医師国家試験に合格、二年間の臨床研修をすまさないと医者にはなれない。今日から警察官をすると言ったところで、公務員採用試験に合格したうえで、決められた期間の研修を経なければ警察手帳はもらえない。

ここまで極端でなくとも、金融関係の資格は多い。銀行に就職した友人の娘さんが、資格試験、資格試験で、ゆっくりする間もないとぼやいていた。

新しい制度ができるごとに、資格が増える。ファイナンシャルプランナーとか言われてもピンと来ない。古い型の人間としては、投資顧問とか、資産形成アドバイザーとか言ってくれるほうがわかりやすい。もちろん、専門的な知識がなければ仕事にならないというのもあるだろうが、あまりにややこしい。

現代は、国家による統制があるだけましかも知れない。

明治になり近代国家として歩み出すまでの日本には、資格と呼べるものはなかった。

代わりに身分があった。

庶民は勘定奉行になれない。武士は大工になれない。商人は鉄炮足軽になれない。江戸時代は身分にかなり厳しい規制をかけていた。庶民が武士になるのはもちろん、武士が庶民のまねをするのも取り締まった。

これは身分が流動的であった戦国時代の反省によると筆者は考えている。

例として出すまでもないが、豊臣秀吉は百姓から行商人、武家奉公人を経て、足軽、侍、部将と出世、最後は天下人にまでのぼりつめた。

戦国乱世は命を失う怖れも多かったが、夢もかなう時代だった。

しかし、権力者に……天下人と言い換えよう。天下人にとって、これは都合が悪い。徳川家が代々征夷大将軍を世襲し、幕府を開いて天下に号令をしていきたいのだ。豊臣秀吉のような英雄が現れては困る。

大名や旗本のなかから二代目豊臣秀吉が出てくる可能性もないわけではないが、こちらは幕府のコントロール下にある。極端な話、こいつはまずいと思った瞬間に、腹切らすことはできる。

しかし、庶民となればそうはいかない。目立つまで、幕府は気づかない。そして気づいたときにはもう手遅れということもありえる。

なにせ由井正雪という前例がある。

　由井正雪の出自については、未だ確定はされていない。東海道由比の宿場にある染物屋吉岡治右衛門の息子とされているが、他にも関東の名門三浦氏の庶流という説や、駿河の百姓の子供だというのもある。

　これは余談になるが、由井正雪の父親として有力視されている吉岡治右衛門は、尾張国愛知郡中村郷の出身である。

　そう、お気づきの通り、尾張国愛知郡中村郷は豊臣秀吉の出身地である。吉岡治右衛門は、中村郷で顔見知りであった豊臣秀吉の縁をたよって大坂へ移住、関ヶ原の合戦の後由比へ引っ越して、染物屋を始めたと言われている。さすがに関ヶ原の合戦以降の生まれの由井正雪を豊臣秀吉の落とし胤にはできなかったようだが、秀頼の残した血筋と伝わっていても不思議ではない。

　乱のときに、由井正雪がそう名乗っていたら、もっとことは大きくなっただろうに……などと夢想してしまう。これも小説家の性だろう。

　閑話休題、由井正雪がことを起こす寸前まで、幕府はまったくのノーマークであった。松平伊豆守信綱が家臣を由井正雪の弟子として潜りこませていたという説もあるが、それにしては対応すべてが後手である。

まあ、かろうじて内乱は避けられたとはいえ、巷(ちまた)から火が出そうになった。これは幕府を大きく揺さぶった。由井正雪はどういう出自であろうが、武士ではない。武士とは主君を持ち、禄(ろく)を給されている者をいい、浪人などは庶民なのだ。庶民が天下の浪人を糾合した。策は失敗したし、もし蜂起(ほうき)していたとしても成功はしなかったと思える。しかし、これだけの規模の謀叛(むほん)の芽が、庶民の間から出た。震えあがった幕府は、浪人を増やす政策を改めた。諸大名、とくに徳川へ心からの忠誠を誓っていない外様(とざま)大名を潰すという方策を転換した。と同時に、身分制度を厳格に護(まも)らせようとした。

武家だけが政(まつりごと)にかかわる。

すべてを武家が支配する。

この二つを幕府はおこなった。

結果、幕府には多種多様な役目が生まれた。

ご存じの通り、私は他の作家諸氏が取り扱われない役目を題材にした物語を得意としている。というか、それしか書いていないに近い。

奥右筆(おくゆうひつ)、勘定吟味役、御広敷用人(おひろしきようにん)、お髷番(まげばん)こと小納戸月代御髪係(こなんどさかやきおぐしがかり)、表御番医師、闕所物奉行、禁裏付、目付などである。

　幕府の役人ではないが、留守居役や妾屋というのもあまり題材にされていない。

　時代物作家としては後発組に入る私は、先達の諸先生方が主人公に選ばれている町方同心や用心棒などを題材にはできなかった。

　同じ土俵で勝負を挑んで勝てるはずがないからだ。ならば、同じ土俵ではなく、隣の土間で一人走り回っていようと考えた結果が、妙な役職の主人公であった。

　では、どうやって妙な役職を探すか。

　資料からである。その資料のいくつかをご紹介したい。申し訳ないが、敬称は略させていただく。


『江戸幕府役職集成』笹間良彦著　雄山閣出版

　初めて買った江戸時代の資料本である。購入したとき私はまだ大阪歯科大学の学生だった。古本屋に行っては貸本時代の時代小説を探すのが趣味だった私が、偶然見かけて惚れこんだ。詳細はもう覚えてはいないが、学生にしてはかなり高価な買い物であった。当分、趣味の古本屋に立ち寄るお金もなくなったが、十二分に楽しめた。あまりに手元から離さなかったからか、歯科医師としての勉学に差し障ると考えた母によって、初代は捨てられてしまった。今、手元にあるのは二代目である。
『江戸役人役職大事典』新人物往来社
もっとも活用している本である。いつも隣にないと困るので、仕事場と自宅用で二冊購入した。役職の説明だけでなく、その役目に就いた人物のエピソードなども豊富で、読み物としても秀逸である。「奥右筆秘帳」シリーズ（講談社文庫）、「お髷番承り候」シリーズ（徳間文庫）はここから発想を得た。
『江戸時代奉行職事典』池田孝、池田政弘、川口謙二共著　東京美術
奉行と名の付く役目を集めた本である。幕府の奉行ばかりであり、小納戸奉行などの一瞬で消えたものまでは網羅していないが、野馬奉行や網奉行などの珍しいものにまで言及してくれている。基本、目見え以上でないと記載されない幕府の公式記録には載らない御家人の奉行も言及してくれている。ここから「闕所物奉行　裏帳合」シリーズ（中公文庫）が生まれた。
『江戸幕府旗本人名事典』石井良助監修　小川恭一編著　原書房
別巻をいれて全部で五冊あり、旗本の屋敷地、知行、役職の変遷を集めた労作である。『江戸幕藩大名家事典』もそうだが、これをまとめあげた小川恭一氏には心からの敬意を表するしかない。すでに小川氏は故人であり、再販の予定もないようで、現在手に入れるのはかなり困難である。稀に古書で出るが、四巻だけとか別巻のみとかでセットはまずない。また、稀覯本、需要はあるがものがない本は高くなるという古書の定めもあり、セットの金額は数十万円という高値になっている。幸い私がこの本を手に入れた十数年前は、まだ手の届く金額であったし、ものもときどき見かけた。なお、角川ソフィア文庫から小川氏の『江戸の旗本事典』が出ている。これは上記の二種の資料を駆使しながら、旗本の日常やしきたりなどをおもしろく、ていねいに解説している。是非、ご一読をお勧めする。

『徳川幕府事典』竹内誠編　東京堂出版

名前の通り、江戸幕府にかかわる事象を簡潔正確にまとめた事典である。役高、役料、定員などの基礎的なことを調べるのに便利である。

他にも資料はあるが、大きなものはこの辺りだろう。どれも一次資料ではないが、それぞれに特色があり、私の仕事にはなくてはならないものだ。

さて、これらのなかからいくつか、変わったところをご紹介しよう。もちろん、本文に選んだものではない。

留守居

五千石高（足高制（たしだかせい）以前は役料千俵）、長年諸役を務めてきた老練な旗本の上がり役である。大奥を管轄し、幕初は諸大名が差し出した人質の管理もした。名前のとおり、将軍が江戸城を離れている留守も預るのが役目で、与力十騎、同心五十人が付属した。また、富士見宝蔵番頭（ふじみほうぞうばんがしら）、御広敷番頭、弓矢（ゆみや）槍（やり）奉行、掃除頭から明屋敷（あきやしき）伊賀（いが）者（もの）組頭など二十以上の役目を支配した。万石以上、城主格の扱いを受け、下屋敷を拝領した。

しかし、将軍が江戸城を離れることがなくなるに連れてその権限は縮小され、隠居を控えた功績のある大旗本へ与える名誉職に落ちた。

お城坊主

時代劇でもたまに見かける茶色の羽織を身につけた禿頭（とくとう）の役人である。

殿中の雑用を仕事としており、大名、役人といえどもお城坊主の手をわずらわせずに過ごすことはできなかった。江戸城にあがったときの案内、着替えの手伝い、湯茶の用意など、お城坊主の役目は大名、役人と密接にかかわる。お城坊主に嫌われると、これら所用に支障が出た。

とくに大名家は担当するお城坊主が決まっていたため、それ以外には用を頼めず、機嫌を損ねると湯茶さえまともに飲めなくなったという。領地や屋敷では殿様として、なんでもかんでも人手に頼る大名である。手助けがなければ厠さえままならなかっただけに、お城坊主への気遣いは相当なものだったようである。お城坊主の接待は、主に藩の外交を担当する留守居役の役目だったようだが、かなり苦労したようだ。節季ごとに金を渡すだけでなく、藩の名産とされるものを強請る他、吉原行きを求めたりとやりたい放題だったらしい。

まあ、今でもよく似た話は聞く。まさに虎の威を借る狐であった。

公人朝夕人

これほど変わった役職は天下にあるまいと思う。

公人朝夕人とは、禁裏へ昇殿した将軍が不意の尿意を覚えたとき、狩衣や袴の脇明きから小用の筒を差しこむのが仕事であった。現代でいうならば溲瓶持ちであろう。もちろん昇殿できる身分ではないから、庭から筒を捧げ、うまく将軍の一物を受け、小便が出終わるまで捧げ持つ。

昇殿だけではなく、日光東照宮参拝にも付き従ったとされているが、果たして出番はあったのだろうか。

公人朝夕人は土田孫左衛門家の世襲である。身分は中間だという説と武家だったという説があるが、中間に名字は許されていなかったので、武士だろうと私は思っている。

禄は十人扶持（一人扶持は一日玄米五合の現物支給。十人扶持は年にして十八石）と低いが、土田家の家伝に従うと鎌倉四代将軍藤原頼経の御世から代々この役目を受け継ぎ、織田信長、豊臣秀吉にも仕えたとされる。将軍が江戸城から出ない限り用はなく、一日筒を磨いてすごしたという。ちなみに徳川家が土田孫左衛門に預けていた筒は、銅製で将軍の股間に当たる側に馬皮の保護が施されていたらしい。明治維新の後、土田家からこの筒（装束筒）は徳川家へ返還されたと聞く。

殺生奉行

なんともまた殺伐とした名前である。将軍の密命を受けて、表に出せぬ悪代官や豪商を闇から闇へ葬っていたなどとして物語にしてしまいたくなる。もちろん、そんな役目があるはずもなく、殺生奉行は、網奉行、鷹匠と同じく、将軍の狩りを司った。

徳川家康、秀忠はともに狩りを好んでいた。とくに家康が健康のためとして駿河に隠居してからも鷹狩りを繰り返していたのは有名な話である。あいにく、網奉行も殺生奉行もなにをどうしていたのか詳細はわからない。網奉行はどうやら投網を扱っていたらしい。

将軍が鉄炮で鴨撃ちや鶴を仕留めていたのは知られていることから考えて、殺生奉行は鷹狩り以外の狩猟を管轄したのではないだろうか。

いわずもがなだが、網奉行も殺生奉行も、五代将軍綱吉の施行した生類憐みの令の余波を受けて廃職になっている。不思議なことに、網奉行は天和二年（一六八二）になくなったが、殺生奉行は元禄に入ってもまだあった。鷹匠が元禄九年（一六九六）に廃されているので、これより前にはなくなっていたはずである。

後に、鷹狩りを好んだ家康にあこがれた八代将軍吉宗によって鷹匠は復されるが、他の網奉行、殺生奉行の再置はなかった。


まだまだおもしろい役目はいっぱいあるが、幕府だけではものたりない。諸藩のものを少しだけ紹介して、まえがきは終わりたいと思う。

熊胆皮吟味役

熊胆は漢方薬の貴重な材料である。とくに冬眠中の熊の胆は効果が優れているとして珍重され、盛岡藩の大きな収入源であった。その熊胆の品質を維持し、熊を獲るマタギたちの保護を担当するのが熊胆皮吟味役である。代官支配で四石を支給された。

早道之者

もとは小隼人組と呼ばれていた津軽藩の隠密である。中川小隼人という甲賀出身の陰術家（陰陽道か、忍術のようなもの）が育成したもので、家中、藩外の情報収集を任としていたのではないかと思われる。

幕府伊賀組あるいはお庭番に近いが、伊賀組やお庭番と違い世襲制ではなく、欠員が出たら徒目付、足軽目付から補充された。

手柄を立てれば馬回り（藩主親衛隊）などへ出世があり、死ぬまで同じ役目から逃げられない伊賀者などに比べて、待遇は良かった。

留守居役

幕府留守居とは似て非なる役目である。なぜ留守居役という名前になったのかは、よくわかっていない。藩主のいない場所で交渉を担当することから、そう呼ばれたのではないかと推測している。

留守居役は幕府からの指示を藩に伝え、藩からの要望を幕府に上申するのが主たる役目である。その重要性は幕府も認識しており、江戸城中に留守居役の控え室を用意していた。中之口御門を入ってすぐにある蘇鉄の間がそれであった。蘇鉄の間は七十畳という大広間だが、三百諸侯の留守居役が集まったのだ。一人あたり半畳ほどしかない。かなりせせこましい状況だったろう。

また、留守居役は幕府以外にも諸藩との外交も担当した。現代でもそうだが、ご近所との間にはなにかともめ事が起こりやすい。それが大事にならぬように折衝したり、藩主の子女を嫁にもらってくれ、あるいは婿にくれなどの交渉もした。

もちろん、他聞を憚る話がほとんどであったため蘇鉄の間ではなく、城下の料理屋や吉原などの遊郭で接待をしながら、落としどころを探った。

遊所へ出入りすることが多かったからか、元禄を過ぎたころから風紀が崩れ始め、藩士やら太鼓持ちやらわからなくなっていく。とはいえ、こちらの希望を相手に呑ませなければならないだけに、かなり世慣れた壮年以上の者が任じられ、藩では家老や用人に次ぐ要職であった。


いかがであろうか。これらの役職は、江戸時代が二百六十年余平和であったお陰で存在できた。

たしかにどう考えても無駄だと思える役目もある。明暦の大火で焼け落ち、再建されることのなかった江戸城天守閣、その番人たる天守番などは最たるものであろう。

存在意義さえない役目が営々と続いた。役目を減らすことは、役人の席を奪うことでもある。役目を与えることで役料を支給し、物価の高騰に対応できていない武家の禄というシステムを補完するとの意味合いもあろう。だが、それは真の救済措置ではない。

江戸時代から、明治維新、第二次世界大戦と大きな変化を日本人は経験してきた。しかし、その本質は変わっていない。

既得権益の防衛。役目を減らすことへの抵抗は、今も続いている。

第一章　表御番医師の章

「お医師通りまする。お医師通りまする。どうぞ、お寄りくださいませ」

叫ぶお城坊主の声に、江戸城廊下で談笑していた大名や旗本が、あわてて左右へと散り、道を空けた。

「ごめんそうらえ、ごめんそうらえ」

道を譲ってくれた大名、旗本に礼を言いながら、幕府表御番医師矢切良衛はお城坊主の後に続いた。

天下人征夷大将軍徳川綱吉の居城江戸城は、静謐を旨としている。その平穏を乱す行為は、たとえそれが老中であっても見逃されない。

江戸城で走ることを許されているのは、お城坊主と将軍宣下の勅使、そして幕府医師だけであった。

「こちらで」

前を走っていたお城坊主が足を止めた。

「こちらの座敷か」

「さようで」

確認した良衛は、お城坊主の返答を聞くなり、襖を開けた。

「表御番医師矢切良衛でござる。お怪我人はどなたか」

良衛は座敷のなかを素早く見回した。

「お医師、こちらでござる」

座敷の片隅で反応があった。

「これは……」

人だかりのなかで二人が倒れていた。

「……いかがなされた」

「互いに行き違おうとして、ぶつかったと」

良衛の質問に、手をあげた大名が説明した。

「本日は式日登城でございましたな」

良衛は納得した。

式日登城は、江戸に在府している大名のすべてが登城しなければならなかった。

また、それぞれが官位に応じた衣服を身につけることになっていた。

「こ、この者が、儂の長袴の裾を踏んだ」

うめきながら初老の大名が、もう一人横たわっている若い大名を指さした。

「なにをい、言われるか。そちらが長袴の裾で、わたくしの足を払ったのだ」

若い大名が反論した。

五位が多い諸大名は、大袍という長袴を身につける。裾が長く廊下に垂れるそれは、独特の歩き方をしないと転ぶ危険があった。十分注意して、足下を見ながらゆっくり動けば、問題ないが、それは衣服に慣れていないとの証拠と見られる。

「お顔が見えぬの」

「足下ばかりご覧とは、落ちている金でもお探しか」

質の悪い大名など、こう言って嘲弄する。

戦がなくなり、江戸城にあがってもずっと決められた席に座っているだけで、なにもしない、いや、なにもさせてもらえない大名は退屈の極みである。

人というのは、することがないとろくなまねをしない。

また、大名は武名を誇った戦国武将の末裔である。いわば、先祖の名前で偉そうな顔をしている者の集まりであった。己にはなんの功績もない。逆にそれが、大名たちの矜持を刺激している。名前を、名誉をなにによりのものとする。

そんな大名に、嘲弄を浴びせるのは、退屈をしのぐ娯楽でもあり、同時に相手を貶（おとし）めることで、己をそれより上だと感じて、満足を得るためでもあった。

とはいえ、嘲笑の対象として見られた大名はたまったものではなかった。笑われたまま対応しなければ、矜持がないとして周囲の大名たちから、ずっと侮り続けられる。

「あのような情けない者に、娘はやれぬ」

大名にとってもっとも大事な、子孫形成にも影響が出た。

結果、長袴での事故が多発した。

「そのあたりの事情はのちほど、お目付（めつけ）さまにたしかめていただきまする。わたくしは表御番医師でござる。原因に興味はございませぬ」

良衛は最初に宣言した。

こうしておかないと後々の騒動に巻きこまれるからだ。どちらが原因でこの結果が出たのか、後々揉（も）めることは多い。そのときに、怪我の様子から、あるていどそのときの状況を類推できる医者は、証言を求められる。

「そうじゃ。お医師の言うとおり、向こうが悪い」

「いいや、その医者は偽りを申しておる」

被害者が二人以上いる場合、どうしても片方に有利な話となる。純粋な被害者とされたほうは喜ぶが、加害者あるいは責任ありと認定されたほうはたまらなかった。

怪我をさせたとなると、まずその補償をしなければならなかった。さすがに大名である。金で始末をつけるとはならないが、なんらかの弁済は要る。問題は、城中での事故は目付の管轄になることであった。

目付は千石高の旗本が任じられ、江戸城中の出来事一切を担当した。老中でさえ咎めることができ、他者を同席させることなく、将軍と話ができた。

「不覚悟である」

事件の原因とされた大名は、目付に呼び出されて叱られる。相手の怪我が重い場合、事件の場所が将軍家御座の間に近いときなどは、それだけではすまなかった。

「登城停止を命じる」

軽ければ一カ月ほどの登城停止ですむ。式日にも登城しないので、他の大名たちにも知られ、復帰後恥ずかしい思いをするが、そのていどで終わる。

「謹みをいたせ」

相手に怪我をさせたよりも、将軍家御座の間に近いときのほうが、罪は重い。

謹慎は、正式な咎めであり、しっかり後々にも影響した。譜代大名だと、役職への推挙がなくなったり、職務によっては辞めなければならなくなることもある。

「天井を見あげ、身体のお力をお抜きください」

良衛は、大名同士のもめ事は勘弁と、さっさと診療に入った。

「どこか痛みましょうや」

「右脇腹が痛い」

「腰が」

初老の大名と若い大名が答えた。

「息をしても痛みまするか」

良衛は歳嵩の大名に問うた。

「痛む」

歳嵩の大名が顔をゆがめた。

「大きく息を吸ってみてください」

「すうう……うっ」

途中で歳嵩の大名が呼吸を中断した。

「少し触れさせていただきまする」

良衛はまず断りを入れた。

「うむ」

相手が了承の意思を返すのを確認して良衛は衣服の隙間から手を入れた。大袍に限らず、四位以上の着る狩衣（かりぎぬ）にしても、無位無冠の裃（かみしも）でも、重ねる礼服というのは隙間が多い。

「痛いであろうが」

脇腹をさすられた歳嵩の大名が苦情を呈した。

「ご無礼をつかまつった」

詫（わ）びて手を抜いた良衛は難しい顔をした。

「お坊主どの」

良衛は少し離れたところで控えているお城坊主を呼んだ。

「なにか、お医師どの」

お城坊主が応じた。

「医師溜（いしだまり）までお願いいたす。晒（さら）しと鯨の髭（ひげ）を取ってきていただきたい」

「晒し布と鯨の髭でございまするか」

お城坊主が繰り返した。

「溜に行かれれば、外道の医師がおりまする。その者に言ってくだされば整いましょう」

「承りました。では、御免を」

ふたたびお城坊主が駆けだした。

お城坊主は江戸城中の雑用係である。お茶の用意から、使者役までこなす。その使者役のつごうで、いつも小走りと決まっていた。

これは一大事のときだけ走っていては、周囲になにかあったと教えてしまう。それを防ぐために、大した用でなくても走った。

「では、その間に、こちらのお方を」

「な、なにを申す。まずは、儂を治してからであろう。そちらが悪いのだからな」

歳嵩の大名が文句を付けた。

「今、治療に入り用なものの手配をしております。それが着くまで、お待ちあれ」

良衛は説明した。

「そなた医者であろう。医者ならば、すぐに治せ」

「無茶を言われては困りまする」

良衛はあきれた。

「できぬのか、きさま、まことの医者か」

怒りの余りか、歳嵩の大名が良衛を罵った。

「うっ……」

大きな声を出した歳嵩の大名が痛みにうめいた。

「佐渡守どの。落ち着かれよ」

周りにいた大名の一人が、歳嵩の大名を宥めた。

「お怪我をなさっているのだ。お静かになさらぬと治りませぬぞ」

「むうう」

諭された佐渡守が唸った。

「……拝見」

良衛は横たわっている若い大名の枕元に移動した。

「腰が痛みますか」

「うむ。強く打ち付けたようでの」

若い大名が腰を押さえた。

「そのままの姿勢でよろしゅうございますので、両足を少し動かしてくだされ」

「同時にか」

「いえ。片足ずつ。右足から、少し上へ。膝を曲げて。下ろして。今度は左足を……結構でございまする」

その動きをしっかりと良衛は確認した。

「痛みはいかがでございました」

「右足を伸ばすとき、腰がいささか……」

若い大名が顔をしかめながら控えた表現をした。

「うつぶせにおなりくだされ」

「しばし待て……」

ときどき表情をゆがめながら、若い大名が姿勢を変えた。

「かたじけのうございまする」

良衛は患者とはいえ身分の高い相手に礼を述べ、背中を触った。

「ここが強直しているな……尾骨をまともに打ったか」

「うげっ」

うつぶせになっていた若い大名がうめき声を発した。

「ご気分でも」

「うむ。吐き気がいたす」

問われた若い大名が答えた。

「頭を打たれましたな」

「転んだとき、後ろを打った」

若い大名が吐き気をこらえながら述べた。

「いかぬな。お坊主どの」

「これに」

別のお城坊主が近づいてきた。

「こちらのお方を屋敷までお帰しする用意を」

「蘇鉄の間に声をかければよろしゅうございましょうや」

「そうしてくれ」

お城坊主の確認に、良衛は首肯した。

「はい」

お城坊主が走り出した。

蘇鉄の間とは、江戸城表御殿において唯一陪臣たちがいられる場所である。諸藩の留守居役たちが、幕府からの触れを待つという形で、詰めていた。蘇鉄の間には、かならず登城している大名の留守居役がいた。

「お身体をお返ししますぞ」

断って良衛は若い大名を仰向けに戻した。

「むっ」

若い大名が耐えた。

「上を向かれるな。首を横になされよ」

真上を見る形で嘔吐すれば、喉を詰まらせてしまう。良衛は、若い大名に横を向かせた。

「お坊主どの。手桶に水を」

「ただちに」

お城坊主がうなずいた。

これも医師だけの特権であった。

江戸城の座敷は、すべて将軍のものである。水を持ちこんでこぼしたり、汚したりすることは許されない。登城して半日、座敷に閉じこめられる大名たちでさえ、決められた場所以外では、水一杯も摂れなかった。ただし、医療行為の場合のみ、水の使用は認められていた。

「お医師さま、どこへ」

手桶に水を汲んだお城坊主が問うた。

「こちらへ。手ぬぐいを濡らしていただきたい」

「…………」

言われたお城坊主が、手ぬぐいを手桶に浸けた。

お城坊主は、厠の手助けも仕事のうちである。大名や役人が厠で用を足した後の手洗いで、柄杓を持って水を掛けるだけでなく、濡れた手を拭く手ぬぐいを差し出す。

もっともお城坊主に心付けをはずんでいない者たちには、幕府が厠用として準備している御簾紙を使わせ、やわらかい手ぬぐいを貸すことはない。あくまでも手ぬぐいは、お城坊主の好意であり、決まりではなかった。

当たり前のことだが一度使った手ぬぐいを、他の大名たちへ再利用するわけにはいかなかった。なにせ、命よりも名誉を重んじる武家である。他人の後というのは、我慢できないうえ、それが用便後の手ぬぐいとあれば、より一層嫌がる。

お城坊主の懐には、何枚もの手ぬぐいが入っていた。

「あまりきつく絞らぬよう。いわずもがなではございますが、水滴がしたたるようでは困りまする」

手ぬぐいの濡れ具合を指示しながら、良衛は手早く若い大名の衣服を緩めた。

「これで……」

お城坊主が手ぬぐいを差し出した。

「結構でござる。同じものをあと二つ」

受け取った良衛が追加を求めた。

良衛はまず、若い大名の後頭部を手ぬぐいで包むようにし、続けて胸元と額にあてた。

「……殿」

そこへ顔色を変えた老年の藩士が駆けつけてきた。

「そなたが留守居役か」

羽織袴の老年の藩士に良衛は訊いた。

「はい。殿はいかがでございましょう」

老年の藩士の目つきは真剣であった。

藩士は主あってこそ成り立つ。

もし、藩主に何かあれば、家臣たちは浪人となり、生活の基盤を失う。ちゃんと跡継ぎを定め、幕府へ届け出て認可を受けておけば、藩主が急死しても、家は残る。

が、藩主が若く、家督を継いだばかりだったりすると出していない場合がある。

四代将軍家綱の御世、大政を委任された三代将軍家光の異母弟保科肥後守正之によって、死に瀕しての急養子の条件が緩和されたとはいえ、それが適用されるかどうかは、将軍の気持ち次第なのだ。

「ご転倒なされ、頭を打たれたようである。ただちに下城なさり、お屋敷で安静になされよ」

良衛は留守居役に告げた。

「御駕籠は」

頼むような目で見る留守居役に、良衛はそう答えるしかなかった。

「お目付さまには申しあげておくが、お許しが出るかどうかはわからぬ」

大名といえども、江戸城では将軍の家臣でしかない。将軍の居城のなかに乗り物で入るわけにはいかなかった。御三家などの一部を除いた大名は、江戸城大手門前の下馬札前で、馬や駕籠から降りなければならなかった。下城のときも同じである。どころかさほどの家柄でない大名たちはもっと辛い。下馬札前は混雑するため、外様の小名や譜代でも家督を継いだばかりの若い大名は、大手門を出てしばらくの間歩くのが慣例となっている。

「お願いをいたしまする」

「では、お目付さまに」

良衛は若い大名のもとから離れた。

表御番医師は、城中の急患に対応するのが役目である。設備も道具も、専用の診療室さえもないのだ。思いきった治療をすることはできない。まさに応急処置だけで終わる。

鬼と言われる目付も、怪我人にまで厳格ではなかった。さすがに城中に駕籠を持ちこむことは認めなかったが、お城坊主たちの手で表御殿の納戸御門まで運ぶことは許した。

「お医師さま、お世話になりましてございまする」

留守居役が深々と頭を下げた。

「十日ほどは、とくに注意をなされよ。嘔吐や悪心が出れば、すぐに医者を呼ばれるようにな」

良衛が忠告した。

「心いたしまする」

主君に付き添って、留守居役が離れた。

急患に備えるといったところで、そうそうにあるわけではない。また、あったところで腹痛や頭痛などだと、外道の表御番医師である良衛には回ってこない。当番、宿直、非番を繰り返す間に、医師溜から出ることはまずなかった。

「では、引き継ぎをお願いいたしまする」

「承った。なにか心得ておくべきことはございましょうや」

「とくにございませぬ」

良衛と後任の引き継ぎは、毎回同じであった。

外道の患者は、そのまま自宅療養になり、治るまで登城してこない。続けての診療も、投薬も不要なのだ。

引き継ぎは、本道医師たちがやっているから、外道もしかたなくといった形だけのものでしかなかった。

宿直明けの下城は、四つ（午前十時ごろ）前になる。宿直は一夜城中で万一に備えるものだが、寝てもかまわない。とはいえ、夜具は貸与されないため、自前で用意しなければならなかった。

両手に折りたたんだ夜具を抱え、良衛は大手門を出た。

「若先生」

大手門を出たところに、矢切家の従者である三造が出迎えていた。

「お預かりを」

三造が夜具と空になった弁当箱を受け取った。

「ご苦労である」

手ぶらになった良衛が先に立った。

「なにか屋敷に変わったことはあったか」

歩きながら良衛は留守中のことを尋ねた。

「はい。西尾藩の御用人さまが昨日お見えでございました」

「西尾藩、土井縫殿助さまか。ご口上はなんと」

良衛は殿中で治療した若い大名を思い出した。

「御礼とのことで、白絹三反と金一両をお出しになりました」

三造が述べた。

「かなりだの」

良衛は驚いた。

殿中での治療は、役目である。そのために表御番医師として禄を受けている。今回は使わなかったが、薬を出したとしても幕府が用意したもので、良衛の負担は一切ない。礼をされなくても、文句を言う筋合いはなかった。

「なかなか優秀な家臣をお持ちのようだな。いずれ出世なさるだろう。お家柄はあの土井大炊頭さまに繋がる名門だしの」

良衛の患者になった土井縫殿助利意は、老中稲葉美濃守正則の息子であった。後、跡継ぎのなかった二代将軍秀忠と三代将軍家光に仕え、大老という幕府最高の地位についた土井大炊頭利勝の三男利長の養子となった。家柄、血筋ともに幕府を代表する名門に繋がっている。分家とはいえ、このまま無役で終わる人物ではなかった。

「いかがいたしましょう」

三造が音物の取り扱いについて問うた。

「金は支払いに回せ。反物はいつもの店に引き取ってもらえ」

良衛は指示した。

「では、そのように」

三造がうなずいた。

幕府医師には、自宅での開業が許されていた。これは医の本質が仁にあるとされているからであった。

政も仁を旨としている。しなければならない。その一つが、幕府医師による診療であった。もちろん、仁は金儲けとは正反対の位置にある。幕府医師は役目での、診察代を患者に請求してはいけなかった。

だが、無料で診療を続けることはできない。禄をもらっているから生活の費用は、そこから賄えばすむが、診療の補助をする者の給金、使用した道具の損耗修理費、薬の代金などは必須である。これらまで負担していては、薄禄の表御番医師ではやっていけなくなる。

そこで薬料と礼金は受け取って問題ないとされていた。

さすがに将軍とその家族を担当する奥医師ともなれば、誰でも診るとはいかず紹介患者だけになるが、表御番医師にはそのような制限もない。

屋敷に帰った良衛は、湯漬けで朝餉をすませると、診療を開始した。

医者になるには、いくつかの道があった。家業として代々医者を受け継ぐ者を始め、多いのが有名な医者のもとへ弟子入りして修業を積み、師匠の許しを得て独立するものである。そして、もう一つがなんの修業もせず、いきなり開業する者であった。

昨日まで大工だった、商人だった者が、頭をそって十徳を身につけ、いきなり医者になるのだ。当然、まともではない。

「葛根湯を出しておきましょう」

どのような病でも、漢方薬の葛根湯を出す。葛根湯はその名の通り、葛の根を使ったもので、身体を温める効果がある。出したところで毒にはならないが、せいぜい風邪くらいにしか効かない。

「手遅れだな。なにもできぬ。診療代だけ置いて連れて帰れ」

来る患者すべてに手遅れを宣言、なにもせずに診療代だけを求める。

このような医者にあたっては、患者としてたまったものではない。

では、どうすればいいか。

評判を訊くのである。近所の人、友人、大家などに、どこの医者がいいかを尋ね、そこへ行く。

その評判に、幕府医師という役目は大きな看板となった。

なにせ、幕府がこの医師は腕が立つと保証しているも同然なのだ。患者たちにとって、幕府医師は安心してかかれる相手であった。

「最初の方、お入りを」

　三造が待合室代わりに使っている門脇の小部屋から、患者を診療室へと案内してきた。

「おはようございまする」

「小兵衛（こへえ）どのか。その後いかがかの」

「おかげさまで、ずいぶんと良くなりましたが、まだ、力を入れると痛みが……」

　訊かれた患者が、申しわけなさそうに告げた。

「そうか。そうか。無理はないことだ。腰は一度痛めると癖になる。なにせ、人が立って歩けるのは、腰のお陰だからな。まずは診せていただこうか。着物を脱いで、そこにうつぶせで寝るよう」

　良衛がうなずいてから、指示をした。

「……これでよろしゅうございましょうか」

　少し眉（まゆ）をひそめながら、小兵衛と呼ばれた患者が横たわった。

「結構じゃ。触るぞ」

　良衛は断りを入れてから、背中から腰に掌（てのひら）を走らせた。

　人の身体は、骨と肉でできている。肉には、肺腑（はいふ）や心臓などの臓器と、骨に付いている筋があった。良衛はその筋の状態を掌で探った。

「ここは痛むか」

左腰の少し上を良衛は押した。

「いっ……少し痛みます」

小兵衛が答えた。

「ふむ……こちらはどうだ」

少し手を下げて、良衛は小兵衛の左尻を触った。

「あつっ」

小兵衛がうめいた。

人は筋を緊張させることで、付いている骨の位置を変え、身体を動かす。寝ているとき、またはまっすぐ立っているとき、基本、左右の筋は均一に弛緩、あるいは緊張していなければならない。

そのとき左右の筋に違いがあれば、そこに原因がある。

「筋がこういう風に固まっている」

腰の上から尻の真ん中へかけて、良衛は撫でた。

「この筋は、腰から上をひねるときに使うものでな」

説明しながら、良衛は右手を小兵衛の右腰骨の辺りにあてた。

「少し痛むぞ。息を詰めては身体に力が入り、より筋が硬くなる。ゆっくりと大きく息を吸って……胸一杯になったら口から糸を出すように細く長く吐いてくれるように」

余計な力が入っては、施術にも苦労する。良衛は、何度か小兵衛に練習をさせた。

「はい、ゆっくり吐いて……」

いい加減、小兵衛が慣れてきたところで、良衛は左腰の硬くなっているところに左の掌を置き動かないよう押さえつけながら、小兵衛の右腕を上へと引きあげた。

「あわっ」

油断しきっていた小兵衛がみょうな声をあげた。

「終わったぞ。手を突いてから、慎重に起きて……服を着てよいぞ」

治療の終わりを言いながら、良衛は診療録に所見と療法を書きこんだ。

「湿布を出しておく。この尻から腰へかけて、貼るように」

「先生、風呂(ふろ)は入っても」

着物を整えながら、小兵衛が尋ねた。

「風呂か。湿布を貼っている間は我慢せよ」

「そんなあ。一日、二度、銭湯にいかなきゃ、気持ち悪いんですよ」

小兵衛が困った顔をした。

「おぬし、左官だったの。職人は風呂好きだな」

良衛は納得した。

「湿布をできるだけ長く貼ってもらわねばならぬ。朝、晩の二度はだめだな。夕方だけ、湿布をしっかり剝がしてからだぞ。まちがえても貼ったまま入るなよ」

「へい」

「それと風呂上がりは、身体を拭いて、湯上がりの熱さが抜けてからだ。新しい湿布を貼るのはな」

「わかりやした」

小兵衛が喜んだ。

「ああ。言うまでもないと思うが、遊びは駄目だぞ」

「えっ。それは……」

言われた小兵衛が啞然とした。

「遊女など抱くなよ。腰を使うのは禁止じゃ」

「そんなあ。もう十日以上もご無沙汰でやすよ。馴染みの遊女から、来てくれと矢の催促で……」

照れくさそうに小兵衛が頭をかいた。

「相手の遊女は、おぬしが仕事で屋根から落ちて腰を痛めたと知っておるのか」

「それは知ってやすよ。岡場所へ遊びに行った友達に頼んで伝えてもらいやしたから」

良衛の質問に、小兵衛が告げた。

「それでも会いたい、会いたいとうるさくて」

小兵衛がにやけた。

「止めておけ。おぬしが怪我をしていると知りながら、呼ぶような妓、ろくな者ではないぞ」

「……わかってやすよ」

緩んでいた頬を小兵衛が引き締めた。

「わかっていて行くと」

「行かないと、妓の機嫌が悪くなりやす。元気になるまで放っておいたら、まちがいなく次は回しを取られて、一夜独り寝で」

「それは酷いな」

回しが同時に複数の客を取ることくらいは、良衛も知っている。売れっ子の妓ともなれば、多くの男たちが客としてくる。早い者勝ちで一夜一人買い切りにすれば、客は喜ぶが、見世は儲からない。遊女の代金には、独占料までは含まれていない。

さすがに表御番医師が、吉原ならまだしも、その辺の岡場所へ行くわけにはいかない。良衛は驚いた。

「まあ、気に入らなきゃ見世を変えればすむだけなんですがねえ。なかなかあれだけの妓はいやせんから」

「惚れた弱みか」

「まあ……」

良衛の確認に、小兵衛が苦笑した。

「なにもせぬと約束するならば、よい」

「先生……」

さっと小兵衛の表情が明るくなった。

「ただし、一度だけだ」

「へい。ありがとうございやした」

喜んで小兵衛が診療室を出た。

「三造、芥子(からし)湿布を十日分出してやれ。湿布がなくなったらくるようにともな」

良衛は三造へ指示を出した。

午前診が終わると往診になる。しかし、往診はそれほど多くはない。というのも往診には薬代、謝礼の他に、駕籠代、弁当代が加算されるからであった。

医者は権威である。患者にしても、有名な医者に診て貰ったほうが気分も良い。名医の処方だと思って服用すれば、薬の効き目も違ってくる。

供もなく、己で薬箱を手にやってくる医者よりも、弟子や薬箱持ちの小者を連れて、駕籠に乗ってくる医者のほうがありがたいのだ。

駕籠に乗れるくらい稼いでいる。駕籠に乗らなければならないくらい多くの往診を引き受けている。

そう思えばこそ、往診を求めるだけの財力がある家は、駕籠で来る医者を歓迎する。

「いつもの駕籠屋に声をかけてくれ」

よほど流行っている医者でなければ、自前の駕籠は持てない。駕籠を買うだけではなく、駕籠かきも抱えなければならないからだ。

それに幕府医師には、旗本としての決まりもある。旗本には、徒、騎乗、乗輿の格があり、厳密に分けられている。

表御番医師は、馬医師よりも格下であり、騎馬はもちろん、乗輿は許されていない。これも表向きで、町駕籠に乗るぶんには目こぼしされている。でなければ、町人が駕籠に乗るなど認められなくなり、駕籠屋がやっていけなくなる。ただ、矢切家では、駕籠を自前で持つわけにはいかなかった。

そこで、良衛は近くの町駕籠屋と話をし、往診のときに使うようにしていた。

「一人で十分なのだがな。やることは変わらず、薬も同じなのに、なぜか駕籠で回ったほうが、患家の調子がよくなる」

納得はいかなくとも、患者がよくなればいい。良衛も往診は駕籠を使った。

となれば、往診は裕福な商家ばかりになる。なかには庶民と同じ待合室で同席するのをよしとしない旗本や諸藩の武士などもいるが、それほどではない。そして、長屋住まいの庶民はいなかった。

庶民にとって、駕籠代、おおむね一回の往診で二分は厳しい。一家四人が長屋の家賃も含めて一ヵ月一両あればやっていける。たった二回、往診を頼むだけで一ヵ月の生活費が吹き飛ぶうえ、そこに謝礼と薬代が入る。それこそ、一人の病人を救って、一家四人路頭に迷うことにもなりかねない。

己の足で医者へ行けない貧しい者は、売薬に頼るしかなく、まちがえた処方で効かない薬を延々と飲み続けて、臥せ続けることになった。

医者を開業していると、どこそこの長屋に、長く患っている病人がいるといった話は聞こえてくる。しかし、良衛は知らぬ振りをし続けてきた。

「医療は押しつけるものではない」

求めがない限り、医者は患者に触れてはいけなかった。医術の押しつけはすべきではないと良衛は考えている。神仏に祈念をしている者やまじないにすがっている人にとって、医者は要らぬお節介でしかない。

「無料での施術はしてはならない」

これは良衛の父、蒼衛の教えであった。支払う金がないという患者に治療をし、薬を与えればどうなるか。少ないながらもきっちり支払いをしている患者たちが不満を持つ。こちらもただでやってくれと言われたとき、反論できなくなる。

結果収入を失えば、薬を買うことができなくなる。薬種問屋は奉仕ではなく、商売なのだ。金を払わない医者には、葛根湯さえわけてくれなくなる。

薬を出せない医者は無力である。なになにの病で、こういう薬を服用すれば治るとわかっても、そこで話が終わってしまう。

「医者は神ではない。己の両手が抱えられる範囲の患家に最善を尽くせ。それ以上を望むな。医者は人であらねばならぬ。人ならば、まず己の命、続けて家族、奉公人を護る。それを捨てて、一人聖人を気取るな」

家督を譲るとき、蒼衛が厳しく諭した言葉であった。

これを良衛は遵守している。

往診は、良衛にとって大きな収入源であった。

医者を呼べる患者は皆裕福である。少しでも医者の心証を良くしようとしているのか、礼金を多めにくれるだけでなく、節季ごとに音物や現金などを持ってきてくれる。他にも往診のたびに、茶と菓子、時分どきによっては膳まで用意されている。家族にと菓子折を土産に渡されることも多い。

医者も人である。金の支払いの多寡で治療の内容を上下させることだけはしないが、それ以外のところでは気遣いに応じた対応を取る。

治療後も残って、家族の健康相談に応じたり、城中での珍しい話を語ったりして、かなりの時間往診先に滞在した。

今日も二軒、往診するだけで、日が暮れになってしまった。

「毎度ありがとうさんで」

駕籠屋とは節季払いで話を付けている。その場で駕籠賃を払うことはない。往診を終えた良衛は、屋敷まで駕籠で戻った。

宿直明け、非番の両日、良衛は午前診療、午後往診を繰り返した。二日、屋敷で診療し、三日目、登城する。これが幕府医師の決まりであった。


「若先生、ご来客でございまする」

三造が往診から帰った良衛に伝えた。

「誰だ」

来客と三造が言ったことで、急患ではないと良衛は悟った。

「西尾藩江戸屋敷用人の安部さまとお名乗りでございまする。昨日、御礼を届けてくださったお方さまで」

三造が説明した。

「西尾藩の用人どのが……」

すでに礼はすんでいる。もともと表御番医師が城中で診療をおこなうのは役目である。謝礼など不要であった。もちろん、謝礼をするかどうかは、患者側のおもうがままではある。しないからといってどうなるわけでもないが、これから出世していこうと考える譜代大名にとって、城中での評判を無視するのはまずかった。医者に診てもらったのに、礼一つしないのは、吝嗇の証、あるいは医者に礼金を払えないほど、藩の財政が悪いなどの噂がたてば、藩主の出世はなくなる。

吝嗇は武士の嫌う最たるものであり、金のない大名を役に付ければろくなことはしない。そう、老中たちが思えばおしまいであった。

「はて、なんであろうか」

用件がわからないまま、良衛は客間を兼ねる診療室へと急いだ。

「往診に出ておりました。お待たせして申しわけない」

良衛は座るなり、詫びた。

「いえ。お約束せずに参りましたこちらこそ、お詫びをいたさねばなりませぬ」

初老の藩士が、ていねいに腰を折った。

「ようこそのお出ででござる。表御番医師矢切良衛でござる」

「西尾藩士井縫殿助が家臣、安部敬之進と申しまする」

謝罪を先にすませた二人が、あらためて名乗りあった。

「さて、ご用件をお伺いいたそう」

すでに夕餉の刻限を過ぎている。医師と違って武家には門限がある。良衛は礼儀に反するとわかっていながら、安部を急かした。

「かたじけのうございまする」

良衛の気遣いに、安部が気づいた。

「先日、城中でご診療願った我が殿のことでございますが……あのあといささか体調がよろしくなく……」

安部が口を開いた。

「御典医どののお診立ては」

良衛は問うた。

いかに表御番医師とはいえ、他家への手出しは遠慮しなければならなかった。それぞれの大名には、大名ごとの決まりがあり、藩主の診療にかかわる医師が厳しく限定されていることも多い。

なにせ、大名である。いつ家督を狙った陰謀に巻きこまれるかも知れないのだ。陰謀の最たるものである毒殺に、医師が与すれば、防ぎようがなくなる。どれほどの重病に陥り藩のお抱え医師では手に負えないとわかっていても、外部から医師を招聘しない家は多かった。

「気鬱ではないかと申しておりまする」

安部が告げた。

「……気鬱でございますか」

気鬱はその名のとおり、気分が優れない状況を示す。

「お薬は出ておりましょうや」

良衛は尋ねた。

「これを」

懐から安部が紙包みを差し出した。

「拝見……現物をお持ちいただいたとはありがたし」

紙包みを開いた良衛は喜んだ。

用人は、家老のように家柄や、藩主の引き立てで就けるものではなかった。いろいろな役目をこなし、世慣れた者が中年をこえてようやく任じられる難役であった。藩内の調整、他家とのやりとりなど、その職務は広きにわたる。気配りのできる優秀な者でなければ、務まらなかった。

「これは……」

良衛は慎重に薬を観察した。

現物ほどはっきりとわかるものはない。話だけでは、なにやらわからないうえに、薬名を伝えられても多種類の薬を交えている場合など、医師によっては配合が違う場合もある。

同じ薬だと安心していれば、まったく効能が違うときもあった。

「ちょうだいしてもよろしゅうございますな」

薬の中身を調べるには、水に溶いたり、火にくべるなどする。もとどおりに返せと言われても困る。そこで、良衛は最初に許可を求めた。

「もちろん、ご随意に」

安部が認めた。

「この色と匂いは……おそらく香蘇散」

良衛は呟いた。

「さすがでございまする。当家の医師がそのように申しておりました」

「……………」

わざと薬名を伝えず、試した安部に、良衛は鼻白んだ。

「ご無礼をいたしましてございまする」

良衛の変化に気づいた安部が、頭を下げた。

「いや……」

気にしていないと、良衛は小さく首を横に振った。

「……香蘇散といえば、香附子を主として、蘇葉、陳皮、生姜、甘草を加える」

良衛は指先で薬に触れた。

「ふむう」

指先にわずかに付いた薬を、良衛は舐めた。

「普通だな」

良衛は呟いた。

「……いかがでございましょう」

見守っていた安部が口を出した。

「香蘇散は、虚性のお方に使用される薬でござる。虚性とは、大雑把な言い方をすれば、痩せ型で胃の腑の弱いお方を指しまする。そして、効能は、発汗、解熱、痛みを止めるなどで、気鬱に処するに問題はないかと」

典医の処方に問題はないと良衛は告げた。

「はい」

安部が安堵した。

「服薬を始めて、何日になりましょうや」

良衛が尋ねた。

「城中での一件の三日後からでございますので、そろそろ二十日をこえました」

「二十日ということは、五節句登城まであと五日」

良衛は難しい顔をした。

大名には毎月決まった日に登城する義務があった。これを月次登城といい、この日は平服でよかった。対して五節句登城は重要なものとして位置づけられていた。元日、三月三日、五月五日、七月七日、九月九日の五節句、そして徳川家康が江戸城へ入ったとされている八月朔日は幕府にとって格別なものであった。

登城する大名も礼服を身にまとい、将軍への目通りを願わなければならない。

大名は、熨斗目、長裃を身につけて登城し、決められた部屋の定められた場所に座して、式典が終わるまでじっとしていなければならなかった。

「厳しいとわたくしどもは感じておりまする」

「お休みなさるわけには……」

良衛が問うた。

大名といえども病になることはある。届け出れば、登城をしなくてもすんだ。

「たしかにそうではございますが……」

安部の表情が曇った。

「……」

無言で良衛は先を促した。

「土井家は、始祖利勝公以来、譜代の名門として代々役目に就いて参りました」

安部が一度言葉を切った。

「いえ、土井家の当主はかならずお役目を承らなければなりませぬ。藩主が病弱だという評判は、なんとしてでも避けねばなりませぬ」

「当主をなんだと……」

良衛が憤った。

「家を守らねばなりませぬ。土井家二万石には、四百人をこえる士分がおりまする。小者までいれますると六百人を、家臣の家臣までいれると千人以上。それだけの者の生活を続けなければなりませぬ」

安部が強い口調で言った。

土井縫殿助の西尾藩は、土井大炊頭利勝の遺領からの一万石と本家を継いだ兄遠江守利隆(とおとうみのかみとしたか)からの贈与一万石、合わせて二万石をもって設立された。

もちろんその家臣の多くは、本家からの移籍がほとんどである。とはいえ、分家が潰れたからと、本家へ戻ることは難しい。

すでに西尾藩は幕府の大名として独立している。これが外様大名の藩内分家であれば、領地を本家が接収し、藩士たちを復籍させるだけですむが、譜代大名として代を重ねたうえ、先代が奏者番を務めている。もう、西尾藩は単なる分家ではなくなっていた。

藩主の失態は、藩士たち全員の生活破綻を意味していた。

「それは……」

良衛は、黙るしかなかった。

武士にとって、家は命よりも重い。己の命ならばどうにでもできる。しかし、他人の命をどうこうすることはできなかった。

「で、愚昧になにをお求めでござろう」

良衛は、話をさっさと終わらせたくなった。

「殿を診ていただきたく」

「……よろしいのか」

安部の求めを聞いた良衛が懸念を表した。

医者は技術職である。また、専門職としての知識を有している。当然、矜持は高い。

その医者にとって、なによりも恥とするのが、患者を他の医者に取られることであった。

「かならず、抑えてみせますする」

安部が保証した。

「…………」

良衛が黙った。

「お頼み申しまする」

深く安部が頭(こうべ)を垂れた。

「……わかりましてござる」

医者は患者の求めを断ってはならない。良衛はうなずいた。

翌日、昼餉(ひるげ)を終えた良衛を、西尾藩の駕籠が迎えに来た。

「行ってくる」

「お気をつけて」

三造の見送りを受けて、良衛は駕籠に乗った。

西尾藩土井家の上屋敷は、歴史の浅い小藩としては珍しく、赤坂御門内にあった。

「どうぞ」

表御番医師は少禄であるが、将軍直参である。藩主土井縫殿助と同格になる。良衛を乗せた駕籠は、大きく開かれた表門を通過し、玄関式台に置かれた。

「ようこそお出ましくださいました。当家家老岩城伴内でございまする」

江戸家老が良衛を迎えた。

「どうぞ。主縫殿助がお待ちしておりまする」

無駄なやりとりをせず、江戸家老岩城が良衛を案内した。

「殿、表御番医師さまがお見えになりましてございまする」

「お入りいただけ」

なかから若い声で応答があった。

「縫殿助どの。お呼びにより参上つかまつった」

旗本と大名は将軍の直臣として同格である。呼ぶときは、どのとするのが普通であった。さまをつけるのは、直属の上司と老中くらいである。

「お呼び立てをいたし、失礼つかまつった」

土井縫殿助が軽く目を伏せた。

「早速……」

診療に入ろうとした良衛を、御座の間下段で控えていた禿頭の男が制した。

「幕府お医師矢切良衛さまと伺っておりまする。愚昧、当家にて本道医を務めまする吉佐鶏庵と申しまする」

「矢切良衛じゃ。見知りおけ」

香蘇散を処方したのはこの医師かと、良衛はじっと見た。幕府医師と諸藩の典医には大きな身分差がある。良衛の態度は問題ないものであった。

「矢切どの、いささかお訊きしたいことがござる」

吉佐鶏庵が膝を進めた。

「控えよ」

江戸家老岩城が、吉佐鶏庵を叱りつけた。

「しかし、ご家老。殿のことを愚昧ほどわかっておるものは……」

「これ以上邪魔するならば、さがれ。たってと申すゆえ、同席を認めたが、お医師さまへの無礼をなすというならば……」

岩城が吉佐鶏庵を睨みつけた。

「……わかりましてございまする」

吉佐鶏庵が引いた。

「ご調子が優れられぬとか」

「さようでござる。あの殿中で転倒して以来、どうも気分が優れませぬ」

吉佐の相手をせず、問うた良衛に土井縫殿助が告げた。

「吐き気は」

「それはござらぬ」

「ご無礼を」

首を左右に振った土井縫殿助に良衛は近づいて、額に手を当てた。

「……ふむ」

続けて、後ろ首に手を動かし、体温を測った。

「前後で変化はなし。熱があるというほどではないが、いささか熱い」

良衛は、そのまま首で脈を取った。首には左右に大きな動脈が走っている。しかも皮膚に近いところに動脈があるため、脈を取りやすかった。

「少し早い……」

良衛は土井縫殿助に質問を始めた。

「食事は美味(おい)しゅうございますか」

「あまり進まぬ」

土井縫殿助が嘆息した。

「なるほど」

うなずいた良衛は、土井縫殿助から離れた。

「立ち居振る舞いに苦はございませぬか」

「立つとき、座るときに腰の先が痛い」

良衛の問診に、土井縫殿助が応じた。

「腰の先が……失礼を」

断ってから良衛は、土井縫殿助の尻の溝に触れた。

「つうう」

土井縫殿助が顔をゆがめた。

「なにをっ。無礼であろう」

吉佐鶏庵が叫んだ。

「静かに願おう。わずかな音でも重要なのだ」

良衛が吉佐鶏庵をたしなめた。

「な……なにを。若いくせに生意気な。医者は経験ぞ。年長の愚昧こそ……」

「江戸家老どの」

あきれた良衛が、岩城を見た。

「申しわけもございませぬ。おい、連れ出せ」

控えていた小姓たちに、岩城が命じた。

「はっ」

小姓が吉佐鶏庵の両腕を押さえた。

「は、放せ。殿、このような仕打ちはあまりでございましょう」

「あまり乱暴にしてやるな」

すがった吉佐鶏庵を土井縫殿助がかばった。

「矢切さま」

岩城が良衛にどうするかを問うた。

「次はござらぬ」

もう一度騒いだら、許さないと良衛は宣した。

「かたじけなし。離してやれ」

岩城が小姓たちに手を振った。

「……………」

不服そうな顔で吉佐鶏庵が番士につかまれた手をさすった。

「うつぶせで横になっていただきたく。まことに卒爾ながら、ふんどし一つで」

「わかった。頼む」

うなずいた土井縫殿助が、小姓たちに脱衣を手伝わせた。

「これでよいかの」

横たわった土井縫殿助が尋ねた。

「結構でございまする。どうぞ、楽だとお感じになる形で」

「うむ」

首肯した土井縫殿助が身じろぎをした。

「ふむう……」

土井縫殿助を見下ろした良衛は唸った。土井縫殿助は痩せている。うつぶせになれば、背骨の突起がはっきりとわかる。その連なりを良衛は確認した。

「縫殿助どの。あのとき、腰から落ちて、そのまま後ろへ倒れて頭を打たれたのでございましたな」

「そうじゃ」

土井縫殿助が認めた。

「腰のずれは残っていない」

良衛は呟いた。

「となると、残るは頸椎か」

良衛は土井縫殿助の首を撫でた。

「ご家老、もう黙っておれませぬ。貴人に触れるだけならまだしも、後ろ首を撫でるなど、あまりに無礼でござる」

吉佐鶏庵がふたたび声を上げた。

「我らが毎朝、糸脈を取るのは貴人に対する礼儀でござる」

「糸脈……」

良衛はあきれた。

糸脈とは、患者の手首に絹糸を巻き、その糸をひっぱったり緩めたりして脈をはかるというものである。貴人の身体に直接触れるのは無礼だとして、朝廷で始まったものだが、それで脈をはかることなどできなかった。

「…………」

良衛は吉佐鶏庵を無視して、診察を続けた。

「止めよ。きさま、聞こえぬのか」

吉佐鶏庵が立ちあがった。

「二度目はないと申した」

診療の邪魔をしないと言うからこそ、手法を見せたのだ。良衛は西尾藩にとって外部の者でしかない。ずっと出入りを続ける気はない。藩のことは藩内で終わらせるべきだと考えている。それを理解できず、慣例に凝り固まっている医者は不要であった。

「……されど」

岩城がためらった。吉佐鶏庵の言いぶんにも利があった。良衛のやり方は、貴人に対する遠慮のかけらもないのだ。

「縫殿助どの、今回でお出入りはお断りいたす」

良衛はあきらめた。

「そ、それは……」

「今、呼ばれた限りは、最善を尽くしまする」

顔をあげようとする土井縫殿助を制し、良衛は頸椎のずれを探した。

「折れてはいない」

頸椎は指三本を立てて、寝かせたような形をしている。この指先にあたる突起の部分に首を動かす筋が付いている。さらに、指の間とも言うべき隙間から、神経が伸びている。頸椎は、人にとって重要な部分であった。

「ここか」

良衛は一ヵ所、違和を感じる場所を見つけ出した。

「固まってはいないか。幸い、それほど経ってはいない」

指先で硬くなった筋を良衛は確認した。

「首筋の骨のずれによっては、悪心がでることは多い」

「では、それを治せば、殿の調子は……」

「他に原因がなければ……軽快いたしましょう」

身を乗り出した岩城に、良衛が条件を付けて認めた。

「お願いをいたしまする」

岩城が治療を求めた。

「……念のために申しておきまするが、一度では無理でござるぞ」

良衛が告げた。

「な、なぜでございまする」

「きさま、治療の回数を増やし、駕籠代、薬代、謝礼を増やすつもりだろう」

岩城が驚き、吉佐鶏庵は鬼の首を取ったように騒いだ。

「ずれてから何日も経っておるのでございますぞ。その位置で筋が馴染んでしまっておりまする。その馴染みを少しずつ解放し、元の位置へ戻す。いきなり戻せば、縮むのに慣れた筋が、強く引っ張られて切れかねませぬ。神経の多い首を痛めると、生涯祟りますぞ」

良衛は口調を固くした。

「……しかし」

「できぬ言いわけじゃ」

「静かにいたせ」

もう良衛は二人の相手を止めた。

「縫殿助どの、よろしいか」

確認をされた土井縫殿助がうなずいた。

「お願いをいたす」

「無理に動かれるな」

良衛は手を伸ばした。

無理に伸びている筋を引っ張れば切れる。抑えこまれている筋を圧迫すれば、なかを通る血管や神経が痛む。

「…………」

良衛はゆっくりと施術をした。

「あとは温められるよう。冷やすと固まってしまいますゆえ」

治療後の注意をした良衛は立ちあがった。

「では、お大事に」

「矢切どの。この後の治療は……」

寝たままで土井縫殿助が不安そうな顔をした。

「吾が屋敷までお出でくださるならば、拝見いたしまするる」

さきほどもう二度と診ないと宣告したが、相手は譜代大名で、老中や御三家などの名門とも繋がりがある。良衛は、往診はしないと伝えながら、診療拒否はしないと応えた。

診療拒否されたと声高に言われると、表御番医師としての素質に欠けるとなりかねない。典薬頭の娘婿である良衛が表御番医師を辞めさせられることはないだろうが、岳父に嫌な顔はされる。医師の触れ頭として君臨する典薬頭は二人おり、いつもどちらが格上になるかで争っている。岳父の足を引っ張ることは避けなければならなかった。

「ふうう」

帰りの駕籠のなかで良衛は大きくため息を吐いた。

良衛はもともとその外科の腕を見こまれて、典薬頭今大路(いまおおじ)兵部大輔(ひょうぶだゆう)の娘婿になった。しかしそれは、いずれ腕でのしあがり、奥医師になるだろう良衛を使って、今大路兵部大輔が勢力を伸ばそうとする遠大な計画に組みこまれただけであった。

「面倒なことだ」

純粋に医療だけをしていればすんだころを良衛は懐かしんだ。

だが、表御番医師になったことで得したことも多い。

名前が通ったお陰で患者が増えた。江戸で名の知れた薬種商とのつきあいができた。長崎を通じて少量しか入って来ない南蛮薬を優先的に回してもらえるようになった。

これらのおかげで、治療効果があがったのは確かであった。

「縫殿助どのは、来られまいよ」

屋敷に向かいながら良衛は独りごちた。

大名にはいろいろなしがらみがある。いいとわかっていても使えないときは多い。

「美絵どのはいかがしておられよう」

労咳の夫を看取った寡婦の薄幸な背中を良衛はふと想った。払えなかった治療代の代わりにと、美絵は良衛の小袖を縫ってくれている。

「あとで行ってみるか」

縁のなかった大名より、今の患者こそ大事である。

良衛は気持ちを切り替えた。

表御番医師　あとがき

医師は特権階級である。母が内科医、兄が整形外科医、自分が歯科医師のおまえがいうべき言葉ではないとお叱りを受けるかもしれない。

難関の医学部受験をくぐり抜け、アルバイトなどする暇もないほどの勉学と実習を六年間こなし、その集大成ともいうべき医師国家試験に合格しなければ、医師にはなれない。それほど医師は厳密な管理を国家によって受ける。

いわば国から保護されている。これについては、アメリカやフランスなどに比べても、日本は突出している。

なぜならば、国民皆保険制度のためには、医師を厳密に管理しなければならないからだ。

健康保険による診察、治療は、日本全国どこへいっても同料金である。大阪で受けようが、東京で受けようが、同じ治療であるかぎり、値段は変わらない。

東京の銀座（ぎんざ）は家賃が凄（すご）いので、保険点数も高いですとはならない。

同じ料金での治療である。医者の技量は一定の範囲に収めなければ不平等になる。それが厚生労働省の狙いであり、医師になるための経緯をきっちりと管理する背景であった。医療に競争原理を持ちこんでは国民皆保険制度が崩壊する。そうならないようにするため、国家は医師を特権階級としてきた。特権階級とすることで、仲間意識を生み出し、他人を出し抜こうとしないように管理している。

これは医療の均一化である。

たしかに医師の技量には差が生まれる。経験豊かな医者は新任よりうまい。もちろん個人の勉学、腕の差も出る。しかし、それが大差になってはならないのである。健康保険の範疇で受ける医療は平等でなければ、国民皆保険は成立しない。

日本が長寿国になったのは、この国民皆保険制度によるところが大きい。どの医者にかかろうとも、同じ診断名ならば、よく似た薬が出される。言い方は悪いが、誰がやっても同じ結果になるように、日本の医療制度はまとめられている。

とはいえ、これは戦後の話である。

それ以前、とくに江戸時代の医療はお寒い限りであった。

まず、医師たる資格が曖昧であった。今のように医学部での学習から国家試験合格、その後二年間の卒後研修をしなければならないといったシステムはない。

藩校のなかに医学研修の部門を持つところもあったが、そのほとんどは徒弟制度であり、酷い例は、昨日まで他の職業に就いていた者が、いきなり頭を丸めて医者となったこともあった。落語に出てくる、なんでも手遅れと言って責任を逃れる手遅れ医者、どんな病気でもとりあえず葛根湯を飲ませる葛根湯医者などは、この類(たぐい)であろう。

当然、悪い評判が立てば患者は来なくなり、医者がほっかむりで夜逃げする羽目になる。とはいえ、このていどの連中は、夜逃げしたあともどこかで名前を変えて医者を続けていた。今と違ってインターネットや新聞のない時代である。少し離れただけで、前のことを知る者はいなくなる。それこそ患者は大迷惑であった。

そんな江戸時代だが、さすがに将軍付の医者ともなると話は違った。なにせ相手は天下人である。失敗は許されない。あからさまな誤診としか思えない四代将軍家綱の件でも、腹切らされた医者はいないが。

江戸幕府には何種類もの医者がいた。

その最高峰は典薬頭で戦国以来の名門、今大路(いまおおじ)家、半井(なからい)家の世襲であった。もっとも、典薬頭は将軍の治療にはいっさいかかわらなかった。幕府は名門の子がかならず名医になるとは考えていなかったようだ。世襲を旨とする幕府が、医者だけは実力主義に徹した。

幕府が医者は名前より技量だと考えていた証拠が奥医師である。

奥医師は将軍とその家族を診る。二百俵高で番料二百俵を給された。本道の多紀氏のように家康以来世襲を続けた家もあるが、多くは世で評判の町医、あるいは諸藩の藩医から抜擢された。

名医の抱え込みである。

いきなり奥医師に抜擢される者の他に、段階を踏んで出世していく者もいた。小普請医師、表御番医師、寄合医師などである。これらもそのほとんどは町医者を出自としていた。

幕府に影響力をもつ旗本や豪商などの推挙を受けて、まず小普請医師になる。小普請医師は無役の幕府医師で、禄米を給せられて医術の向上を目標とする。そのなかから選ばれた者が、表御番医師や御広敷医師になった。これらは幕府役人、大奥の女などの治療を仕事とした。

一種の臨床研修である。ここで技術と人柄に問題がないとわかれば、寄合医師へと昇格する。寄合医師も無役ではあるが、小普請医師とは違い、奥医師への待機である。奥医師に欠員が生じるか、補任されるまで医術研鑽を重ねた。

幕府医師は、薄禄である。そのせいか屋敷での開業は黙認されていた。

これは医療が仁にもとづく施術であるとの考え方によった。

とはいえ、天下の名医と幕府が保証した奥医師の薬料は高く、三代将軍家光の老中堀田加賀守正盛など一回の診療に千両(現代のお金にして一億円以上)払ったという。

大名の場合は、見栄も張るのでその分高額になっているが、これは事実であった。

奥医師でなくとも医者にかかるのは金がかかり、庶民のほとんどは薬よりもまじないを選んだ。

一応、医術は僧侶の施しと同じ扱いを受けるので、診療費はお心のままというのが普通だった。お布施と同じと考えてもらえればいい。まあ、お布施にも相場があるので、厳密には違うだろう。しかしながら医者も喰わねばならない。そこで薬代を要求する。

その薬代がとんでもなかった。薬九層倍という言葉が残っているくらいである。一回分が二分(一両の半分、五万円から十万円くらい)したときもあったらしい。慢性病で薬を飲み続けなければならないとなれば、どれほど裕福でも身代はもたなかったろう。

今よりも江戸時代のほうがよかったと考える人も多い。たしかに江戸時代に環境汚染はないし、自然はもっと豊かであった。

だが、医療にかんしては、まちがいなく現代のほうが幸せである。

第二章　奥右筆の章

奥右筆の執務開始は早い。老中たちが登城してくるまでに、仕事の準備をすませておかなければならない。

奥右筆は朝五つ（午前八時ごろ）には登城していた。

「縁組官位補任係は、おぬしであったな」

奥右筆組頭江田参左衛門が、配下の一人を見た。

「なにか」

皆、猫の手も借りたいくらい忙しい。組頭の声かけとはいえ、ていねいに応答してはいられなかった。

「河内狭山の北条から願いが出ておるだろう」

江田が確認した。

「たしかに。しかし、あれはなりませぬ」

縁組補任係が首を横に振った。

「なぜじゃ」

「お問い合わせがございましたな」

理由を訊いた江田に、縁組補任係が眼を細くした。

「うむ」

江田がうなずいた。

「すでに二の姫縁組願いを出して三カ月になるが、未だお許しが出ない。なにか差し障ることでもあるならば、お教え願いたいと昨日狭山藩の家老が屋敷まで参っての」

　頼まれたと江田が告げた。

「もし、上様のご印判を受け取りにいくならば、これと一緒にいたせばよいと思ったのだ」

　江田が書付を一枚振って見せた。

　幕府の重要な政にかかわる令の発布にも、大名家の婚姻や家督相続にも、将軍の印判が要る。作成した書付と印判を奥右筆がお側御用取次に渡し、将軍が押す。こうすることで書付は効力を発揮した。

　その重要な印判は不思議なことに、書付を作成する奥右筆の部屋ではなく、表右筆の部屋に保管されていた。

これは、奥右筆の歴史が表右筆よりも浅いことと、すべての権限を奪われた表右筆の反発によった。五代将軍綱吉のころまでは、表も奥もなく、ただ右筆と呼ばれる役人が、幕府すべての書付を取り扱っていた。当然、印判も右筆の手元にあった。

そこに奥右筆が割りこみ、右筆から政のすべてを奪い去った。さらに呼び方も将軍の側に控える奥右筆と区別するため、単なる右筆であったものに表が付けられた。今や、表右筆は将軍家の私にかかわる文書だけしか取り扱えなくなり、余得のほとんどを失っている。

その上で将軍の印判まで奥右筆に奪われたら、それこそ表右筆不要論がわき上がりかねない。将軍の印判だけは、なんど奥右筆が申し入れても、表右筆は首を縦に振らなかった。

「よほど切羽詰まっていると思えますな、狭山は」

縁組補任係が小さな笑いを浮かべた。

「なにがだ」

江田が問うた。

「二の姫を家臣に嫁がせたいという話でございますが……」

「家臣へ下ろすならば届け出は不要であろう。幕府へ出さねばならぬのは、旗本あるいは大名同士、もしくは大名と旗本の縁組だけのはずじゃ」

言われて江田は首をかしげた。

幕府は大名や旗本が縁組で結びつくことを嫌った。とくに外様大名同士の婚姻や養子縁組にはかなり神経を尖らせていた。が、他家との縁を太くしない、家臣とのものについては気にしていなかった。

「相手は大坂の豪商鴻池屋の手代でございまする。二年前、二百石を与えて新規召し抱えをしたらしいのですが」

「鴻池の手代か……」

報告を受けた江田が苦い顔をした。

河内狭山の北条は、戦国の雄北条早雲の末裔である。関東を領し、豊臣秀吉と矛を交えたほどの名門であったが、天下の兵を向けられては勝負にならず、小田原城を開いて降伏した。その咎で関東を取りあげられ、北条氏政以下のほとんどが切腹を命じられた。秀吉との交渉を担当していた氏政の弟氏規だけが許されて、河内狭山で大名としての家格をつないでいた。

「北条は一万一千石であったかの」

「いえ、四代氏治のおり、御家相続の失敗で一度改易になり、あらためて一万石を与えるという形で存続しておりまする」

江田の質問に、縁組補任係が告げた。

「末期養子か。千石減らされたとはきついの」

「いえ、末期養子ではなく当主隠居に伴うものでございましたが、氏治公に瑕疵ありとして」

「瑕疵……」

「上様へのお目通りをしておらなんだとか」

怪訝な顔をした江田へ、縁組補任係が答えた。

「お目通りしていないだと……」

江田が目を剝いた。

大名も旗本も、将軍から禄、もしくは領地を与えられて生活している。つまり、禄も領地も建前上は将軍のものである。それを親から子へと相続するには、決められた手はずがあった。親が死ぬあるいは隠居するまでに、跡継ぎがいることを届け出ておかなければならなかった。もちろん、紙切れ一枚ですむという話ではなかった。

我が家にはこのような跡取りがおりまする。どうぞ、認めてやってくださいと将軍へ目通りを願わなければならないのだ。それがすまなければ、書類の跡継ぎが本当にいるか、別人にすり替わってはいないかとの疑義が残る。

なにより、将軍が相続を許さないこともある。

「その面気に入らぬ」

「不遜（ふそん）な態度じゃ」

事実、このような理由で家督相続が潰（つぶ）された例もあった。

「愚かじゃの。それはかなり前の話であろう」

「三代将軍家光（いえみつ）さまのころと聞いておりまする」

縁組補任係は、大名、旗本の歴史にも詳しくなければならなかった。でなければ、何代も縁組を繰り返し、いつの間にか強い絆（きずな）を築いているというようなこともあり得るからだ。

「やはり我ら奥右筆のできる前じゃな。我らに任せれば、そのような失策は犯さず、見事無事に家督相続をすませてやるものを」

江田が嘆息した。

奥右筆は五代将軍となった綱吉が、館林（たてばやし）藩主時代から側で使っていた者たちを江（え）

戸城へ移すときに新設した。

四代将軍家綱のころから大老や老中の勢いが増し、政から将軍を引き離し、飾りへと変えてしまっていた。

「将軍自らが政を見ずして、仁はならず」

学問、とくに朱子学に傾倒していた綱吉は、将軍親政を掲げた。

だが、すでに政の仕組みは老中たち執政のもとにあり、なかなか思うような政ができなかった。とはいえ、傍系から入った将軍に、老中たちを排除するだけの力はない。なにせ、御三家の他に甥の甲府藩主徳川綱豊と、綱吉の代わりになる将軍候補にはことかかないのだ。

そこで綱吉は、老中たちをそのままに、一手間だけ付け加えた。

「政を始めすべての書付は奥右筆から躬へもたらせ」

綱吉が老中と将軍の間に、奥右筆を挟んだ。館林藩主のころから仕えてくれている忠誠心の厚い家臣を老中たちとの壁に使ったのである。

「どけっ。上様にこの令についてお話をせねばならぬ」

老中が奥右筆を邪魔にしようとも、

「家を潰すぞ」

思うがままにならない奥右筆を脅そうとも、

「上様の御命でございますれば、決められたとおりにお願いいたしましょう」

奥右筆は崩れなかった。

綱吉に引き立てられた家臣たちである。老中など畏れるはずはなかった。もし、老中が奥右筆を辞めさせようとしても、綱吉が認めるはずはない。下手をすれば、老中が排除された。

老中を辞めさせることはできなくても、その意見を聞くかどうかは、綱吉の勝手なのだ。

「ならぬ」

そう一言いうだけで、老中といえども引き下がるしかない。

「好きにいたせ」

同じ案件でも、別の老中が持ちこめば認める。

これを繰り返せば、綱吉に嫌われた老中は、同僚から役立たず、下手すると邪魔者扱いを受ける。

「体調、思わしくなく。療養いたしたくお願いを申しあげまする」

同僚の援護をなくせば、いかに老中といえどもその席には留まっていられなくなる。

この結果、綱吉は老中たちに奪われていた権限を将軍へと取り返した。

奥右筆の功績は大きい。

「それも奥右筆へ、これも奥右筆へ」

綱吉は、表右筆の仕事をどんどん奥右筆へと移行させた。こうして奥右筆は、幕府のすべてに力を及ぼすだけの名分を手にした。

今や、奥右筆の機嫌を取らなければ、幕府は回らない。

「組頭さま」

縁組補任係が、江田を見つめた。

「町人のう……」

江田が悩んだ。

「しばし、待て。却下はするな」

決断を江田が先延ばしにした。

「わかりましてございまする」

縁組補任係が首を縦に振った。

奥右筆には、どの書付から処理するかを決める権限がある。今届けられたばかりの書付に花押を入れて認めるときもあれば、二カ月、三カ月、書付の山の下で放置されることもある。

「まだ通らぬのか。江田さまに挨拶をしたのだぞ」

北条家の家老が不満を口にした。

「……それが」

用人がうつむいた。

「わかっておるのか。当家が鴻池屋から借りている金額を。一万両ではきかないのだぞ」

家老がきつい口調で言った。

北条は一万石である。藩の財政が苦しいため、年貢は六公四民まであげている。それでも一年に六千石しかはいらない。

一石はおおむね一両に値するので、北条家の収入はおよそ六千両になる。

もっともその半分は家臣たちの禄と手当で消える。北条家が大名として遣える金は、三千両しかない。これで国元と江戸屋敷の生活を賄い、大名としての格式をもって他家とのつきあいをこなすのは、非常に厳しい。

さらに参勤交代がある。

武家諸法度により、大名は一年ごとに、江戸と国元を移動しなければならないのだ。この行列がかなり手間と金を喰った。

一万石であれば、その行列は数十人ですむ。とはいえ、大坂から江戸まで、雨風に足止めされなかったとしても十日はかかる。

大名が宿泊する本陣、脇本陣は決まった宿泊料金ではなく、出立時に心付けを置いていくという形を取るところが多い。それこそ、大名とその側近が泊まっても、一分金一枚ですませることはできる。もっともそれをすれば、吝嗇だという評判は立つし、次回から泊まらせてもらえなくなる場合もある。

さらに食事は自弁なのだ。他にも本陣などに入りきれなかった家臣たちの宿泊代金、参勤交代の荷物を運ぶ問屋場人足、荷駄馬の費用など、かなりの散財になる。

「倹約を……」

そう考えても、簡単にいかなかった。天下の堅城小田原城に拠った関東の雄、という名前が、なりふり構わぬ改革を邪魔してしまう。

八代将軍吉宗のころ、藩内で下級武士たちが立ちあがり、財政緊縮を強くもとめたこともあったが、天下の名将北条早雲の血を引くという矜持が、これを進めさせなかった。

これらが重なり、北条氏の財政はもうどうにもならないところまで来ていた。

「しかし、ご家老。いかに金を借りているとはいえ、商人の、それも主でさえない奉公人に姫をあてがうなど……」

同席していた組頭が、口を出した。

「他に方法があるのか。鴻池が待ってくれねば、藩は終わるぞ。元利合わせて一万一千両をこえるのだ。どうやって払う」

「そのようなもの、待たせておけばよろしゅうございましょう。金がない限り、取ってはいけませぬ。鴻池屋とはいえ、陣屋を取りあげることはできませぬ」

組頭が続けた。

「商人ごとき、相手にせずともよろしかろう。武士に逆らうだけの意地などありますまい」

身分をかさに踏み倒せとまで組頭が述べた。

「算術もできぬ者は黙っておれ」

江戸家老が激した。

「一度金を返さなかったら、二度と誰も貸してはくれぬ。それをわかっておるのだろうな」

「刀で脅せば、城下の商人など」

「誰ぞ、この愚か者をつまみ出せ」

ついに江戸家老が切れた。

「姫を手代に嫁すことで、手代を勘定奉行の地位にあげ、藩の財政を任せるしか、もう北条が生き延びる方法はない」

「はい」

江戸家老と用人が顔を見合わせてうなずき合った。

河内狭山藩北条氏は、藩財政を鴻池屋に丸投げしようとしていた。思いきった抜擢になる。名前だけしか誇るもののない家である。商人がのしあがるのをよしとはしない。その反対者たちを抑えこむために、藩主の姫を降嫁させ、手代を一門に引きあげるのだ。

まさに、小田原落城以来の大事であった。

「余裕がないのだ。借財の期日はもうまもなくである。それまでに話を進めておかねば、手遅れになる」

家老が焦れた。

「もう一度お願いをなされては……」

用人が進言した。

「奥右筆組頭さまにか。また金が要るではないか」

家老が顔をゆがめた。

「今回は、進捗状況を聞くだけでございまする。あらたな頼みごとではございませぬので、謝礼はなしでもよろしいのでは」

聞くだけならば、金は要るまいと用人が言った。

「そうじゃの。たしかに依頼は変わっておらぬわ」

家老も納得した。


奥右筆の下城時刻は暮れ六つ（午後六時ごろ）になる。まだ仕事は終わっていないが、これ以上残ると閉門時刻を過ぎ、目付に睨まれることになる。

皆、し残した仕事を懐に入れて、三々五々屋敷へと帰っていく。

「殿、北条家の江戸家老さまがお待ちでございまする」

屋敷の門を潜ったところで、江田に家士が告げた。

「様子見か。ちょうどよい」

江田がうなずいた。

奥右筆の権を求めて、屋敷を訪れる者は引きも切らない。とくに組頭ともなれば、連日来客がある。

家督相続を支障なく通してくれ、新たな役職に就けるよう手助けしてくれ、お手伝い普請があるようならば教えて欲しいなど、来客は奥右筆組頭に頼みごとをしに来るのだ。

当然、手ぶらではこない。金や地元の名産、金に換えやすい白絹などを手土産代わりに持参する。節季のころともなると、奥右筆組頭へ誼(よしみ)を通じたい者が持ってくる音物(いんもつ)で、座敷が一つ埋まるほどであった。

長崎(ながさき)奉行とまではいかなくとも、奥右筆組頭も一度勤めれば、三代喰えると言われていた。

「連日、申しわけございませぬ」

藩邸では主君についで偉い家老とはいえ、陪臣でしかない。奥右筆組頭の前に、家老は這(は)いつくばった。

「いやいや。お気になさらず。先日の一件でございましょうかな」

仕事にかかりたい江田は、早速に水を向けた。

「いかがでございましょう。いつごろお許しがでましょうや」

ありがたいとばかりに、家老が問うた。

「難しいの」

わざと江田が表情を引き締めた。

「なぜでございましょう」

予想外の答えに、家老が驚いた。

「町人はいかんの」

「士分へ取り立てておりまするが……」

江田の言葉に、家老が反論した。

「身分というものはの、堅持せねばならぬ」

一度江田が言葉を切った。

「逆はまだいい。町人の娘を武家が嫁に迎えるのはな。だが、姫を町人に差し出すのはいかん。町人の男に、武家の、それも名門の姫が下に、組み敷かれるのはよろしくない」

「組み敷かれる……」

その意味がわからないほど家老は子供ではない。

「どうにかなりませぬか」

「縁組補任係に聞くがいい。いろいろと前例を知っておるでな」

江田が口にした。

奥右筆組頭は、奥右筆からの出世がほとんどである。組頭になる前は、老中とのやりとりを主とする勝手係をしている者が多かった。江田も勝手係を八年やっていた。

勝手係は、老中のもとに提出された書付を精査し、前例をたぐり、意見を付与するのが仕事である。

まさに、幕府の政を動かしていると言える。

しかし、縁組補任係や隠居家督係とは違い、大名、旗本の経歴や縁戚（えんせき）に精通しているとは言い難い。

「そこはなんとか江田さまのお口添えを願いたく」

家老が頼んだ。

新規で縁組補任係に面談を願えば、別途挨拶金が要った。金がないから姫を町人に押しつけるのである。たとえ十両といえども、惜しい。

「他人の職分を侵すわけにはいかぬのでな。一応、話はしてある」

家老の願いを、江田が拒んだ。

「…………」

無言で家老が粘った。

「さて、御用繁多である。お引き取り願おう」

江田が帰れと手を振った。

「……江田さま」

「十両返すぞ」

「それは……」

家老の顔色が変わった。

金を返す。本来ならば喜ぶべきことである。しかし、奥右筆にかんしては別物であった。

「いや、じつは北条がの、頼みごとをしてきたのだがの、儂のやり方が不満であったようなのでな。金を返したのだ」

奥右筆部屋で、こう言われたら、北条は終わる。

歴史が浅く、権力のわりに身分の低い奥右筆は、その余得から他職の妬みを受けやすい。色々と便宜を求めてくるくせに、陰に回れば見下されるのが奥右筆であった。となると内部で結束していかなければやっていけない。

「ほう、金を受け取りましたか。頼みごとを引き受けても結果が気に入らなければ、金を返せと。そんなところとはまともに話ができませぬな」

奥右筆全員が団結して北条を無視することになる。

大名にとって奥右筆とのかかわりは必須(ひっす)であった。出生、嫡子選任、家督相続、隠居、婚姻、養子縁組、死亡と節目ごとに、奥右筆のもとへ願いを出さなければならない。

当代が病気になり、嫡男に家督を相続させようとして、幕府へ願い書きをあげる。それを精査して、老中へ問題なしと出すのは奥右筆なのだ。もちろん、いわれなき理由で家督を認めないなどは許されない。それこそばれれば、己の首が飛ぶ。ただ、いつその書付を処理するかは奥右筆の恣意(しい)によった。

これは老中でも口出しできなかった。

「何々家の相続はどうなっている。急げ」

「重要なものから処理いたしております。それを先にするとなれば、こちらが後回しになりまするが、それでよろしいか。では、書付にご老中さまの指示により、保留と記させていただきまする」

急かした老中も、こう奥右筆に出られては困るのだ。それでなにかあれば、名前の残った老中が責任を取らなければならなくなる。

「それよりも、こちらを先にいたさねばの」

北条家から出された家督相続願いを放置するのは正しくはないが、咎められない。もし、放置されている間に、病に伏している当主が死んでしまえば、跡継ぎなしは断絶の法に触れることになる。嫡子届けが出ていれば、検死の目付は出されるが、家督は問題なく引き継がれた。

だが、もし実子がなく、養子の届けも出していなかったときが、大問題になった。四代将軍家綱の大政委任保科正之、八代将軍吉宗によって、末期養子の条件はかなり緩和されたとはいえ、無罪放免にはならない。家は潰されずとも、遠方への転封、所領の減封、あるいはその両方を罰として与えられる羽目になる。

大名、旗本が敵に回してはいけない筆頭こそ奥右筆であった。

「鴻池屋から、それなりの結納をもらうのであろう」

江田が渋る家老へ卑しげな目を向けた。

「……わかりましてございまする。では、ありがとう存じまする」

血を吐くような十両を無駄にしたが、それでも頭を下げなければならない。家老が江田の前から消えた。

「やれ、金がないならば、ないなりにやりようはあるものを」

家老を見送った江田が嘆息した。

「姫を死んだことにする。あるいは、姫を一度家臣のもとへ養女に出す。大名の姫が直接町人の出自の者に嫁ぐから問題になる。譜代家臣養女とならば、どこへやろうとも御上はかかわらぬものを」

江田が教えなかった手立てを口にした。

「配下の余得を奪う。それはやってはならぬことよ。組頭を押さえればすむという考えはまちがっておらぬが、まずは直接担当する縁組補任係を籠絡しておかねば……の」

江田が小さく呟いた。

奥右筆の仕事でもっとも重いのが、御用部屋詰めである。奥右筆勝手係から選ばれた数名が、老中の執務部屋である上の御用部屋へ詰め、老中の諮問に答え、その命じる書付を作成する。

御用部屋には、幕府の機密が溢れている。若年寄でさえ、足を踏み入れることはできないが、老中の執務を手助けする奥右筆は、自在に出入りできた。

「両国橋を召し上げてはどうか」

老中の一人が発案した。

御用部屋は、老中ごとに屏風で仕切られており、合議のおりは、部屋の中央に年中置かれている大火鉢の側に集まる決まりであった。

「あれだけ重要なものが、庶民の所有だというのは、許し難し。上様に言上つかまつり、町奉行所へ預ける。その旨を献策する書付を作らねばなるまい」

「いかにも。奥右筆、早々にいたせ」

「お待ちくださいませ」

命じられた奥右筆が発言した。

「その件については、八代将軍吉宗さまの御代、永代橋の廃橋問題に連なって、民に任せるとのご諚が出ておりまする」

奥右筆がすでに否定の前例があると述べた。

永代橋は、五代将軍徳川綱吉の五十歳を祝って関東郡代伊奈忠順が架設した。寛永寺根本中堂建築用として集められた資材を使用し、長さ百十間（約二百メートル）、幅三間一尺五寸（約六メートル）、隅田川にかかる四番目の橋として完成した。

しかし、そのわずか二十五年後、橋の補修費用とその手間の膨大さに、幕府は音を上げ、廃橋を決定した。

「なにとぞ、わたくしどもに」

すでに庶民の生活に永代橋はなくてはならないものとなっていた。庶民たちが保存を求め町奉行所を通じて嘆願した。

「今後一切、すべての費えは町方負担とする」

修繕、管理などの費用一切を町方が負担するというのならば、橋を残すという約束で幕府は、永代橋を譲り渡した。

これを奥右筆は前例としたのであった。

「しかし、江戸の防衛上からも、橋の管理は御上がおこなうべきである」

却下された老中はあきらめなかった。

「では、勘定方に、両国橋を御上が運用するとしたとき、どのくらいの金が要るのか、試算させてみてはいかがでしょうか。あまりに高額とあれば、両国橋を御上の管理にした後、勘定方から不満が出るやも知れませぬ」

重ねて否定するのではなく、奥右筆は老中の案を別の形から検証するようにと話を動かした。

「勘定方か……」

老中が苦い顔をした。

諸大名ほど逼迫してはいないが、幕府の財政は破綻しかけていた。なんとか八代将軍吉宗の質素倹約で江戸と大坂の金蔵に千両箱は積まれたが、それも九代将軍家重によって浪費されてしまっている。

老中の仕事は、政というより、どうやって金を稼ぐかに変化しつつあった。

「橋を渡る者から、今までどおり金を集めればよい」

老中が提案をくわえた。

町方が管理する橋は、通行料金を徴収していた。その集めた金で橋番を雇い、傷んだところの補修をするのだ。

両国橋は、その名のとおり、下総と武蔵の国、本所深川と江戸をつなぐ。発展し続ける江戸と本所深川は、人の往来も激しい。一年集めれば通行料金は莫大なものになる。

「御上が庶民から金を取るのでございまするか」

奥右筆があきれた。

武士は金を汚いものとして嫌う。金だけではなく、すべての物欲を卑しいものとして忌避しようとする。

武士は主君の命があれば、その場から戦場へ向かわねばならない。命をかけて敵と戦うために、普段から禄を与えられている。そのとき、残した金や珍品、銘品に心を残しては、戦場でまともな働きはできなくなる。それを未練、卑怯として、武士は嫌った。

「むうう」

老中が唸った。

「わかった。橋のことについてはなかったことにする」

老中が折れた。

「では、次でござる。そろそろ御用部屋にもう一人迎えてもよろしいのではござらぬかの」

老中首座が話題を変えた。

「たしかに、今は三人でござれば、一人くらい増員してもよろしいな」

別の老中が同意した。

「誰にいたしまするか。順当なところでいけば、大坂城代、京都所司代でござる。それとも若年寄から抜擢いたすという手も」

もう一人の老中が言った。

「奥右筆どもさがれ」

老中首座が奥右筆たちに手を振った。

「…………」

命じられた奥右筆たちは、御用部屋の隅へとさがった。

「儂は……」

途中で声を落とし、老中首座が火箸を手にした。

「…………」

無言で老中首座が、火鉢の灰の上に火箸を走らせた。

「ふむ」

「ほうう」

書かれた文字を残った老中たちが読んだ。

御用部屋に夏場でも火鉢が置かれているのは、このためであった。老中の執務には公になるまで秘密にしなければならないことが多い。早くから漏れては大きな影響が出る。それを防ぐため口に出さず、灰の上に書く。用件が終われば、用意されている刷毛で灰をならすだけで、跡形もなく消せる。

「一応、まだ考えているというだけで、今少し見なければならぬこともある。口を閉じていてくだされよ」

老中首座が会合は終わりと、立ちあがって自席へと帰った。

合わせて二人の老中も、仕事に戻るため屛風の内側へと戻った。

「奥右筆、橋の件、記録に残すな」

両国橋接収を言い出した老中が、奥右筆組頭に指示した。

「もちろんでございまする」

奥右筆組頭がうなずいた。

「ところで、先日、隠居をいたしました相模守（さがみのかみ）の代わりの奏者番でございますが、備前守（びぜんのかみ）さまを任じられてはいかがかと」

「吾（わ）が甥をか」

老中が奥右筆組頭の提案に目を剝いた。

一方的に老中の提案を潰していては、面目を奪うだけでなく、恨みを買いかねない。いかに奥右筆が大きな権力を握っているとはいえ、老中を敵に回すのは得策ではなかった。

「人品骨柄ともにふさわしいかと」

奥右筆組頭が老中を見あげた。

奏者番は譜代大名の初役であった。将軍に目通りする者、献上される品などを読みあげる役目で、奏者番から寺社奉行、若年寄、大坂城代などを経て、老中へと出世していく。

「よいの」

老中の声がやわらいだ。

「すでに奥右筆部屋は手続きを終えておりまする」

「任せる」

満足げにうなずいた老中が、別の書付へと目を落とした。

老中は八つ（午後二時ごろ）に執務を終える。これは上の者が帰らなければ、下の者が仕事を止められないというのと、他人の目を避けての密談を屋敷でおこなうためであった。

「明日までに、調べておけ」

老中は翌日の仕事を指示して、御用部屋を出て行く。

「はっ」

御用部屋詰め奥右筆は、平伏して見送らなければならない。

「よし、一同。移動じゃ」

御用部屋詰め奥右筆組頭が老中たちのいなくなった御用部屋から、奥右筆部屋へと配下を促した。上の御用部屋は、老中の執務室である。老中がいなくなれば、その仕事の補佐をする奥右筆、お茶くみなどの雑用をするお城坊主も出ていかなければならない。老中下城の後、居残っているところを目付に見つかりでもしたら、咎めを受けかねなかった。

「…………」

配下たちを追い立てた奥右筆組頭が、御用部屋中央の火鉢を覗きこんだ。

「ご苦労さまでござる」

御用部屋から奥右筆部屋へ戻ってきた一同を、江田がねぎらった。

「なにか特別なことはございましたか」

江田が問うた。

「両国橋を召し上げるという提案がございました」

道具を出しながらもう一人の奥右筆組頭が話した。

「どのように……」

江田が結果を訊いた。

「永代橋のことをお話しし、おあきらめいただきましてござる」

「いや、それは重畳でござる」

奥右筆組頭の返答に、江田が安堵した。

「そういえば、お耳にされましたかの」

思い出したかのように、奥右筆組頭が江田を見た。

「なんでござろう」

江田が首をかしげた。

「新たな御執政さまがお一人加わるというお話でござる」

奥右筆組頭が告げた。

「……三人では少なかろうと思ってはおりましたが……」

定員が決まっているわけではない。だが老中は四、五人のことが多い。

「どうやら……」

先ほどの老中首座が合議で言った話を奥右筆組頭が語った。

「なるほど……」

江田が腕を組んだ。

「候補となる方々の経歴を調べておけとの指示でございますな」

「おそらく」

二人の奥右筆組頭が顔を見合わせた。

最後まで聞こえなかったとはいえ、最初の話は御用部屋全体に届いている。

長年老中を務めて首座になったほどの老練な大名が、そんなうかつなまねをするはずはない。これは正式な命ではないが、手配りはしておけとの指図と取るべきであった。

「お城坊主も……」

江田が確認した。

「聞いておりました」

奥右筆組頭が認めた。

御用部屋には奥右筆の他に、老中の雑用をこなすため、お城坊主が詰めていた。

「お城坊主の耳に入った。明日には次の老中は誰かという噂話が、城中の隅々まで響いておりましょう」

嫌そうな顔を江田がした。

お城坊主は、城中のどこにでも入れる。身分が低く、武士としても扱われぬお城坊主は、老中や若年寄などの執政から見れば、路傍の石と同じである。隣で聞き耳をたてていても、気にすることなく、話をする。薄禄のお城坊主はこうした城中の話を集め、それを売って金にしていた。

「競わせるおつもりでしょうかの」

「そうなれば、面倒でござるな」

江田の懸念に奥右筆組頭も同意した。

老中はすべての大名のあこがれであった。

「あの刻み駕籠に一度乗れたなら、十万石を捨ててもいい」

とある外様大名がため息を吐いたとの話もあるほどである。刻み駕籠とは、老中だけに許された小走りの駕籠行列をいう。

普段ゆっくり進んでいる老中の駕籠が慌てて走っていれば、それだけでなにか異常があったと見抜かれてしまう。それを防ぐために、老中の乗る駕籠は、いつも小刻みに足を動かして小走りの状態で動いた。この刻み駕籠と出会えば、御三家であろうが、百万石の加賀前田家であろうが、駕籠を辻の脇に寄せて道を譲らなければならなかった。

それだけの権威を老中は持っている。

譜代大名のすべてが、老中になることを夢見ているといっても過言ではなかった。

とはいえ、譜代大名ならば誰でもいいというわけではなかった。城持ちでない大名は、まず老中たりえなかった。もっとも慣例として、順調に出世しているか、将軍の寵愛が深いなどの状況になれば、城持ちの領地へ転封されるので、これは絶対の拒否条件ではない。

だが、いきなり老中になることはない。少なくとも若年寄、側用人、大坂城代、京都所司代のどれかに就いていないと老中の座には足をかけられない。

逆に言えば、この四つの役職にある全員が、老中になる資格を持っている。

「大坂城代、京都所司代は一人ずつ。若年寄は四名、側用人は……」

「お二人」

指を折った江田に奥右筆組頭が足した。

「合わせて八人」

「多うございますな」

二人が肩を落とした。

「あの者どもにさせるわけにも参りませぬ」

江田が、筆を走らせて仕事をしている配下に目をやった。

老中への出世には、いろいろな利権がつきまとう。老中になるかならないかでは大きな差が生まれた。

老中になった者は、そのほとんどが譜代名誉と呼ばれる街道筋の要所へ領地を替えられる。石高は同じでも、城下の発展が大きく違っていたり、良港が生み出す巨利が手に入ったりと、収入が格段に増える。

さらに官位も従四位下侍従にまで進められる。四位になれば、式日登城のおり身につける礼服が裃、長袴から狩衣へと変わる。

城中での席次が、戦国での手柄に変わった今、これはなによりの誉れである。そうそうあり得る話ではないが、五位の諸大夫のままでは禁中へ参内したときに老中がこれら外様の下に控えなければならなくなるからだ。

他にも老中には特権があった。四位に叙されるのは、外様で四位の加賀前田、薩摩島津、仙台伊達らと並ぶためであり、このことによって、老中は外様の大大名たちを「その方」と呼べる。

まさに天下の執政にふさわしい待遇が与えられる。

手の届く地位まで来ている譜代大名たちが、血眼になるのも無理はなかった。

「一門に繋がる某こそ、天下を預かるに不足なしと存ずる」

「なにとぞ、某(それがし)を執政の列にお加えくださいますよう。きっとこのご恩は末代まで忘れませぬ」

他薦、自薦が山のように来る。もちろん、手ぶらなどという失礼はない。それこそ長持ち一杯の白絹や、駕籠に乗せることで他人の目をごまかした千両箱などが届けられた。しかも、多忙を理由に老中は会わずに、用人あたりが対応するだけである。本人は何一つしなくてもいい。

「ご老中さまはよろしかろうが……」

「でござるなあ」

実務を押しつけられたにひとしい江田たちが、嘆息した。

老中になろうかという連中である。幕府のやり方など十分に知っている。老中たちに媚(こ)びを売るだけでなく、その下で働く者こそ籠絡すべしとわかっている。そして、その最たる者こそ、奥右筆組頭であった。

「余の経歴にいささかくわえていただきたい。四書五経に精通していると」

「五代前の当主が、ときの上様よりお叱りを受けておりまするが、それを明記なさらぬようにお願いいたしたい」

「当家の姫は外様の某家に嫁いでおりまするが、交流は何一つなく、姫に子もござらぬ。そこのところを一つよしなに願いたく」

老中を狙う各家の用人たちが、奥右筆組頭の屋敷へと押し寄せてくる。

「手が止まりますな」

「仕事が……何日潰されるか」

老中ではない。奥右筆組頭がいかに権力を持っていようとも、地位でいけば勘定吟味役の次席でしかない。とても若年寄や側用人ら権力者の用人を断ることも、代理であしらうこともできなかった。

「もらうわけにもいきませぬしなあ」

「まったく、まったく」

老中を選ぶための下調べである。厳正中立でなければならない。そこに恣意が入るのは許されなかった。

金やものを受け取ってしまえば、どうしても義理が生まれる。さすがに嘘偽りを書き加えることはできなくても、つごうの悪い事象をわざと省くのは簡単であり、心の痛みも少ない。

だが、それは己の首を絞めた。

奥右筆組頭から出された調書を、老中たちはそのまま鵜呑みにはしてくれない。

二人の組頭から出されたものをつきあわせるだけでなく、独自に確認を取る。もし、そこで抜けているとばれれば、奥右筆組頭は無事ではすまなかった。

無事でないとは、命の問題になった。なにせ、奥右筆組頭は政の裏の裏まで知っているのだ。

奥右筆になるとき終生役目で知り得たことは他言しないとの誓書を入れさせられているが、そんなものはただの紙切れになる。なにせ執政を選ぶという厳正なときに、金で転んだに近い。

なにをしゃべるかわかったものではない。

危惧を断ち切るに、もっとも確実なのは死である。死人に口なしは、政の秘密を守る唯一で最高の手段であった。

「お互いに……」

「さようでござるな」

誠心誠意の仕事をしようと奥右筆組頭二人が強くうなずきあった。

「これはただの噂だと思ってお聞きいただきたい」

奥右筆組頭が江田の目を真剣に見つめた。

「承った」

江田が請け合った。

「さきほど、御用部屋を出る前に火鉢を……」

奥右筆組頭が声をひそめた。

「…………」

耳をそばだてている者はいないかと、さっと江田が他の奥右筆たちを見た。幸い、己の仕事に皆、忙殺されていた。

「灰の上にうっすらとではございますが……松の文字」

「松……松平でございましょうか。となると京都所司代さまか、若年寄の……」

はっきりと名前を出さずに、江田が確認するように訊いた。

「おそらくは京都所司代さまではございますまいか。若年寄の松平さまは、まだ席に就かれて三年ほど。対して京都所司代さまは四年目。これを逃せば、そのまま京で終わられるが慣例」

奥右筆組頭が囁いた。

京都所司代は、朝廷と西国大名を管轄する。ともに徳川の天下を揺るがす力を持つものだけに、それを抑えるだけの器量が要求された。

一筋縄ではいかない公家をあしらい、武力を持つ西国外様大名を権威だけで恫喝する。どちらも至難の業である。できる人物は、幕府にとって貴重であった。京都所司代を数年務めたものが、江戸へ呼び返されて老中になるのは自然な流れであった。

しかし、泰平が長く続いたことで状況が変わった。朝廷は幕府から支給される禄で生きることに慣れ、西国大名は幕府の政策でその財力を削がれて、軍勢を起こすことができなくなった。

京都所司代は、飾りでよくなった。

同じ理由で大坂城代も形だけのものに落ちた。

京都所司代、大坂城代ともに実力者が選ばれる時代から、名門譜代ならばそれでいいとなった。

極論すれば、いてもいなくてもかわらない。ただ、老中への階梯としての価値だけは残った。

老中へ引きあげるための前段階として、京都所司代、大坂城代に任じられる場合もある。この場合、そう長くは続けない。早ければ一年、遅くとも三年ほどで老中へと上っていく。そして、その期間で江戸へ戻れなかった者は、隠居まで京、大坂で過ごす羽目になる。

四年目を迎える京都所司代、大坂城代の猟官運動は熾烈であった。

「これは老中首座さまの意思だな」

「うむ。京都所司代さまの悪所を見逃せとのご指示であろうな」

御用部屋の火鉢の灰に、文字が残ることはない。

これも老中首座の策であろうと、二人の奥右筆組頭の意見は一致した。

「どういたしましょう」

江田が困惑をあらわにした。

老中首座の策に乗るか、それとも無視するかを江田は相談した。

「……我らのいたすことは同じでござる」

奥右筆組頭が淡々と述べた。

「見なかった、聞かなかった」

「…………」

江田の言葉に、無言で奥右筆組頭が同意を示した。


屋敷に戻った江田は、大きく引き開けられている表門を見て天を仰いだ。

「目上の来客か」

武家の屋敷は出城と同じ扱いを受ける。表門は城門になり、当主あるいはその一門、目上の人物の出入りがなければ、大きく開かれることはない。

「お帰りいいいいい」

供先の従者が大声をあげ、江田の帰還を報せた。

「お帰りなさいませ。御広敷用人の小川さまがお見えでございまする」

門を入ったところで、家士が待っていた。

「御広敷用人の小川さまだと」

江田が驚いた。

御広敷用人は、大奥の女たちを監督する。御台所、姫、お部屋さま以上に付けられ、その所用を与った。

奥右筆組頭よりも格上で、奥右筆組頭から転じていく者が多かった。小川もその一人で、江田の前任者であった。

「お待たせをいたしましてございまする」

職場での先輩でもある。江田は着替えもせず客間へと急いだ。

「いや、ご多用と存じながら来たのだ。待ったのもこちらの都合」

小川が手を振った。

「早速だが」

もと奥右筆組頭であっただけに、小川は無駄な雑談をしなかった。

「儂が今、御広敷用人をいたしておるのは存じておろう」

「お佐和の方さま付と伺っておりまする」

小川の確認に、江田は応じた。

「そうじゃ。でな、お佐和の方さまの御実家方が、若年寄の稲葉さまに縁があってな」

「お待ちくださいませ」

わかっていたことだとはいえ、江田は小さくため息を吐きながら小川を制した。

「奥右筆組頭は、どなたにも与しないのが決まり。小川さまもよくご存じのことでございまする」

「わかっておる。わかっておるが、今の儂は御広敷用人である。お部屋さまのご要望には応じなければならぬ。儂とおぬしの仲ではないか」

小川が江田を見つめた。

「ご勘弁願いまする」

江田は拒んだ。

「ただなどとは言わぬ。儂の跡を譲ろうではないか。知ってのとおりお佐和の方さまは、上様のご寵愛が深い。そのお佐和の方さまとの縁を作り、新しいご老中さまに恩を売るのは、おぬしの利になるぞ。もちろん、金も払うぞ。五百両」

小川が実利を口にした。

「金も地位も受け取れませぬ。奥右筆組頭は不偏不党」

重ねて江田が拒否した。

「そこを何とか頼む。このまま成果も無しに戻れば、儂がお佐和の方さまのご不興を買う。知らぬだろうが、お佐和の方さまは厳しいお方でな。意に染まぬことがあれば、お怒りがな」

はっきりと将軍の側室を悪く言うことはできない。小川が最後をごまかした。

「…………」

江田は応(こた)えなかった。

「たいしたことをしてくれと申すわけではない。偽りを書けとも言わぬ。ただ、一つだけ筆にしないでくれ。それだけじゃ。稲葉さまが若年寄になられる前、奏者番であったときのお叱りをだな」

小川が江田を窺(うかが)った。

奏者番は譜代大名の初役であるだけに、慣れるまでに失敗する者は多い。将軍に目通りしている者の名前を忘れる、官職をまちがうなど珍しいことではなかった。目付もわかっている。まちがえた奏者番を叱るが、咎め立てはしない。

ただし、これも三回目となるとさすがに口頭注意だけではすまない。数日の登城停止は喰らう。こうなれば、目付から奥右筆へ咎めを与えたとの書付が回り、正式な記録として残された。

「……はああ」

わざと江田が大きなため息を吐いた。

「奥右筆組頭を離れられると、こうも変わられるものでございますか」

「な、なんじゃ」

小川があきれる江田に気色ばんだ。

「何代か前の出来事を隠せというならばまだしも、ご本人の咎めは隠しようがございませぬ。その記録は御用部屋にも出されておりまする。ご存じでございましょう」

江田が小川に言った。

「もう十五年も前のことぞ。誰も覚えてなどおらぬ」

小川が首を横に振った。

「しかし、御用部屋を探せば出て参りまする。それを隠しては、わたくしが咎めを受けましょう」

罪になるのはこちらだと江田が言い返した。

「わかっておる。もし、そのようになったときは、かならず手助けをいたすゆえ」

「お帰りを。よくもまあ、そのようなことを言えたものでござる」

奥右筆組頭が罪に落ちるときは、死ぬときである。命をかけてまで、わずかな金を追うつもりなど、江田にはなかった。

「きさま、先達に向かって……」

「お帰りじゃ。ご案内いたせ」

「はっ」

怒る小川を無視して手を叩いた江田に、家士が応じた。

「無礼者、触るな」

近づいた家士を小川が怒鳴りつけた。

「小川どの、これ以上なさるならば、明日にでも御老中さまにすべてをお話させていただくことになりますぞ」

「むっ」

小川の勢いが止まった。禁に触れているのだ。老中に名前を知られるのはまずかった。

「お帰りを」

冷たい声で江田が告げた。

「覚えておれよ」

「ほう。覚えておいてよろしいのでございますな。では、忘れぬよう、書き付けておきましょう」

捨て台詞(ぜりふ)に江田が切り返した。

「ぐっ」

小川が詰まった。

「ごていねいにお見送りをいたせ。あと、今後の面談は固くお断り申しあげるともお伝えせよ」

本人を目の前にして、江田が家士に指示した。

「後悔するぞ」

そう残して、小川が去っていった。

「まったく、御老中方はこれをわかっていてなさるからの」

予想通りの展開に、江田が肩の力を落とした。


翌朝、出務した江田は、同僚の奥右筆組頭に小川との顚末(てんまつ)を話した。

「小川どのが、そのようなまねを」

奥右筆組頭も驚いた。

「老中選定の恣意がなにを意味するかなど、小川どのも重々承知であろうに……」

「褒賞が大きいのでございましょうな」

江田が釣り合うだけのものをもらうのだろうと述べた。

「それに御広敷用人ならば、この手の話に口出ししても、咎めは受けませぬ。もともと付けられたお方さまの便宜をはかるのが任。今回のことを表に出したところで、お叱りを受けるていどでござろうしな」

「もっとも、お佐和の方さまのお名前がでれば、御広敷用人は続けられますまい。どこぞの閑職へ移されましょう」

たいした瑕(きず)を受けるわけでもないだろうと言った同役に、江田が無事ではすむまいと首を左右に振った。

「大奥が出てくるのを執政衆は嫌われますでな」

「まことに」

　二人がうなずき合った。

　三代将軍家光の乳母だった春日局によって、今の大奥の原型は作られた。あやうく弟忠長に三代将軍の座を奪われそうになった家光をかばい、徳川初代将軍家康を使って家光を跡目に据えさせた春日局の功績は大きい。また、家光の小姓として仕えていた松平伊豆守信綱や阿部豊後守忠秋らも、春日局からしつけを受けている。家光が将軍に、松平伊豆守らが老中になったとき、春日局は表にも大奥にも大きな影響力を持った。

　大奥が表に口出しをした。

　これを四代将軍家綱の執政衆が嫌った。

「春日局さまなればこそである。あの方なくば、大奥は表に口出しできぬ」

　大老酒井雅楽頭忠清を始めとする老中たちの抵抗で、大奥と表はなんとか切り離せた。しかし、それも七代将軍家継の登場で変化した。

　六代将軍家宣の死を受けて七代将軍になった家継は、わずか五歳であった。五歳ではさすがに表で政を見るわけにはいかない。

家継は中奥へと居を移すことなく、大奥で生活をした。

将軍が大奥にいる。大奥は男子禁制だとされているが、出入りできる男もいる。とはいえ、誰でもが大奥へ入り、家継の指示を仰ぐというわけにはいかない。ましてや家継は子供である。四六時中側にいる大奥女中たちの言うことをどうしても聞いてしまう。

結果、表は大奥の影響を受けた。

もっともそれも三年足らずで終わり、家継早世のあとを継いだ八代将軍が大奥の力を大幅に削いで、将軍親政を取り戻した。

が、二度にわたる大奥の表介入は、微妙な影響を政に残してしまった。

「操られましたか、小川どのは」

「大奥へ釘を刺すための道具として使われた。表に口出しをするならば、御広敷用人を更迭すると脅されましょうなあ。小川どのの後に来た御広敷用人が、今までのようにお佐和の方さまの御命を承るとはかぎりませぬでな」

二人がなんとも言えない顔をした。

御広敷用人は、大奥と表を仲介する。大奥の望みを表に伝え、表の意思を大奥へ報せる。もし、御広敷用人が老中の内意を受けていたならば、お佐和の方の求めは表に届かなくなる。

「老中首座とはそこまで……」

「天下を預かるというのは、なまなかなことではございませぬな。いや、今さらながら、大名ではなく旗本に生まれてよかったと思いまする」

老中首座の手腕の見事さに、二人は感嘆していた。

「まさに老獪……」

「いや、妖怪でございましょう」

二人は顔を見合わせて笑った。

御用部屋の当番は、奥右筆組頭が交代で勝手係を指揮して詰める。勝手係は老中の数に合わせてあり、今は三人だが、新任の老中の決定とともに一人追加しなければならなかった。

「誰にいたしますかの」

「隠居家督、縁組補任、屋敷係からは無理でございますな」

どの役目も一人しかいない。引き抜けば、その後を手配しなければならない。とはいえ、どの役目も先例や現状など覚えることが多く、すぐに使いものにはならなかった。

「人数に余裕があるのは仕置係でござるな」

仕置係は、評定所を所管する。ほかに寺社奉行、町奉行、勘定奉行などから、罪名についての諮問があれば前例を調査した後に返答する。また、死罪を言い渡す際の書付、拷問を許可する奉書などを作成した。遠国奉行関係も取り扱うため多忙であり、人数も多かった。

「あるいは、寺社係を異動させるか。寺社係の仕事は縁組補任に預けることもできましょう」

寺社係は、寺社の格式、僧侶、神官の補任を受け持っている。国中の寺社を担当しなければならないが、やることが似ているだけに縁組補任でもこなせる。

「恨まれますぞ」

江田が小声で言った。

「その分、余得も増えまする」

奥右筆組頭が大丈夫だと応じた。僧侶、神官といえども人である。出世はしたい。少しでも他人より上に行くため、奥右筆への付け届けは欠かさない。

「余得は増えても、身体を壊しては、本末転倒じゃぞ。医者にかかれば、結構な金がかかる。稼いだが、薬代で皆消えたでは、笑い話でござるぞ」

江田が頰をゆがめた。

「ならば仕置係から出させることになりましょう」

「それがよろしかろう。では、選定をお任せしても」

「承知いたしましてござる」

勝手係は老中に近い。仕事ができると思われれば、奥右筆組頭に取り立てられることもある。江田も老中首座に認められて、勝手係から奥右筆組頭へと出世した。隠居家督や縁組補任ほどの余得はないが、勝手係は、奥右筆のあこがれであった。

「では、わたくしは御用部屋へ」

江田が腰をあげた。

「勝手係一同、御用部屋へ向かう。忘れものなどなかろうな」

「大事ございませぬ」

勝手係が声を揃えた。

こうして奥右筆たちの変わらぬ一日が始まった。

奥右筆　あとがき

徳川家康は筆まめで知られている。

石田三成が大坂で挙兵したのを下野国小山で聞いた慶長五年（一六〇〇）七月二十四日から、関ヶ原に着いた九月二十四日までの間に、徳川家康はわかっているだけで百五十五通の手紙を出している。およそ六十日ほどあるが、移動の日数も含めての話になる。一日あたりに割れば、二通から三通になる。たいした数ではないように見えるが、天下分け目の合戦の前なのだ。手紙を書く以外にも手配しなければならないことは山のようにあるだろうし、さすがに騎乗で筆は使えない。しかも出す相手によって、書く内容を変えなければならない。まず、一人でやるのは不可能である。

ではどうやったのか。

代筆させたのだ。口述筆記させるだけでなく、ひな形のあるものなどは任せて書かせる。この役を右筆と呼んだ。

右筆は剣で仕える者ではなく、筆で主君を支えた。短い期間に大量の手紙を出し、徳川家康の根回しを成功させ、関ヶ原の合戦を勝利に導いた。右筆こそ、家康天下取りの功労者であった。

しかし、字がうまいだけでは右筆として重用されなかった。右筆には、能書以外にも色々な能力が求められた。

まず、相手の性格をよく知っていなければならなかった。戦国大名の手紙となれば、書状だけでなくいろいろな贈りものが付いた。

「なになにさまは、馬がお好きでございまする」

「先日、ご嫡男さまがお生まれになったそうでございまする」

右筆はなにを贈れば、相手が喜ぶかを知っていなければならない。

家康ではないが、やはり天下に名を残した織田（おだ）信長（のぶなが）の右筆武井夕庵（たけいせきあん）など、軍議の席はおろか、他国の使者を謁見する場にも同席した。

さらには、信長の使者として、かの荒木村重（あらきむらしげ）の謀叛（むほん）のおりには、説得にも当たっている。中国（ちゅうごく）攻めでも羽柴（はしば）秀吉と共に毛利（もうり）側の窓口であった小早川隆景（こばやかわたかかげ）と面談、交渉もしている。

単なる代筆というより、信長の意思を代行する者としての意味合いもあったようだ。

さすがに武井夕庵ほどの権限を与えられている者はいなくなったが、徳川幕府でも右筆は重用された。

右筆は幕府の公式文書を作成する。能書だけでは困るのだ。幕府は鎌倉以来、天下を統べるものである。こういったときにはこの書式でと、決まった形があった。一度乱世になり、室町幕府が倒れたから、一から作りますは通らない。

なにせ幕府を開く権限を持つ征夷大将軍は源氏でなければ就任できないのだ。源頼朝以来、将軍は連綿と源氏が受け継いできた。徳川は世良田源氏だから、将軍になる資格がある。家康はこう論じて、征夷大将軍になって幕府を開いた。

源氏以外の征夷大将軍もあったとか（源氏発祥以前の坂上田村麻呂を除く）、朝廷は織田信長や豊臣秀吉に征夷大将軍任官を打診したとか、征夷大将軍でなくとも右近衛大将になれば幕府は開けたとか、最近研究が進んでいるらしいので、いずれこの話もまちがっているという指摘を受けるようになるかも知れないが、通説に従うと家康が藤原氏から源氏へ姓を変えたのは、幕府を開くためだったとされている。

となれば、過去の幕府を踏襲しなければならない。家康は室町幕府で右筆を務めていた者を採用している。つまり、右筆は前例をよく知る者でなければならなかった。

前例を守る。これは政の硬直を呼ぶ。

「このような前例はございませぬ」

新しいものを拒むようになれば、ものごとは腐る。

同じことを繰り返していればすむのだから、誰でもできる。

誰でもできるというのはすばらしいことではある。

あの人でなければできませんは、芸事や技術の世界なら褒め称えられる。その人に近づこうと努力することで、芸は進化し、継承されていく。

しかし、日常はそうはいかない。技術を受け継ぐのに二十年かかっても問題はあまりないが、今日明日の問題である治世にそんな悠長なまねは許されない。

結果、前例こそ玉条になる。

となると誰がやっても同じなので、老中が政を担うようになり、将軍が飾りになった。

これに五代将軍綱吉は反発した。当たり前である。あやうく老中たちの決議だけで、五代将軍の座が宮将軍に持っていかれそうになったのだ。綱吉は老中の手から政の権を取り戻すため、奥右筆を新設、腹心をここに配した。前例をよく知る右筆を徳川の内証担当として政から切り離し、己の意のままに動く奥右筆を重用した。

これはたしかに前例主義に凝り固まった幕府に風穴を開けたが、綱吉の独裁を許し、生類憐み（しょうるいあわれみ）の令という希代の悪法を生み出してしまった。懲りた幕府は綱吉の死後奥右筆を表右筆出身者から選ぶことで、前例主義を復活させる。

八代将軍吉宗も将軍親政をおこなうため、お側御用取次（そばごようとりつぎ）という役目を新設、老中、奥右筆の手にあった政を手にしたが、幕府に金がないことを天下に報せる上米令（あげまいれい）などの失政を犯している。

外から幕府へ入ってきた将軍は、どうやら新しいことをしたがるようである。将軍だけではない。明治新政府は徳川幕府がしてこなかった諸外国との戦争を始め、なまじ最初勝ったおかげで調子に乗り、第二次世界大戦という大失策を犯した。

　現代でもこれは同じだ。自民党が国民からお灸を据えられて野党に陥落したことで誕生した新政権の政策は、国政を混乱させるだけに終わっている。

　日本人は改革、維新という言葉が好きである。明治維新は奥羽越列藩同盟の悲惨な末路に代表されるように多くの血を流した。

　痛みの伴わない改革はない。

　何度も痛い思いを日本人はしてきた。痛い思いをするなら、このままでと思うのは無理のないことだ。

　しかし、世の中はどんどん変わってきている。国内だけで話がすんだ時代は終わり、世界規模で動かなければ軋轢が生まれるようになった。

　もう前例主義だけではやっていけなくなっている。

　今の、次の、未来の政権が、国民に痛みを押しつける、綱吉や明治新政府のような愚を犯すことがないことを心から願う。

第三章　目付の章

江戸城は寝ない。

暮れ六つ（午後六時ごろ）を過ぎると、城中の人気は大きく減る。江戸城の中枢である御用部屋は完全に無人となり、他所も宿直担当だけになる。

「目付巡回である」

灯明持ちのお城坊主を先頭に、目付が江戸城の表を巡回する。旗本の非違監察を旨とする目付は、城中の安穏を護るのも役目であった。

「ご苦労に存ずる」

将軍寝所である御休息の間を護る新番詰め所を覗いた目付多田朔馬に、宿直番の新番士が頭を下げた。

「…………」

礼に応じることなく朔馬は、無言で詰め所を見回した。

新番組は享保二年（一七一七）の改革で本丸六組、二の丸二組に増員された。一組は番頭一人、組頭一人、番士二十人で形成され、六組が交代で当番、宿直番、非番を繰り返した。

将軍居室にもっとも近いことからその重要度は高い。

「それはなんだ」

朔馬は目ざとく、新番詰め所の床に置かれている竹筒を見つけた。

「こ、これは……」

竹筒の隣に座っていた新番士が顔色を変えた。

「薬でござる。この者は、風寒気味でございまして、身体を温めなければならず……」

宿直番を統括する組頭が、一歩踏み出した。

「薬……では、この者だけが服するのだな」

「……もちろんでございまする」

組頭が首肯した。

「…………」

竹筒に近い新番士たちが目を伏せた。

「そち、名前は」

朔馬が竹筒の持ち主の新番士に問うた。

「わたくしでございますか」

「さっさと名乗らぬか」

震える新番士を朔馬が叱りつけた。

「高野三郎助でございまする」

新番士がようやく名乗った。

「ふむ。高野であるな。そちの顔と名前覚えた。風寒気味ならば、薬を持ちこむのではなく、宿直を代わってもらえ」

朔馬が告げた。

「は、はい」

高野が何度も首を縦に振った。

「…………」

もう一度、新番詰め所を見回して、朔馬は背を向けた。

「ふうう」

組頭が安堵の息を吐いた。

「話のわかる目付どのでよかったの」

「しかし、もう持ちこめぬぞ」

朔馬が居なくなった詰め所で新番士たちが口々に言った。

「御老中松平越中守さまが打ち出された倹約で、詰め所の炭に制限がかかってしまい、夜中は凍えるほど冷えるというに……般若湯が呑めぬとなるのはきつい」

壮年の新番士が不満を漏らした。

「おいっ。お名前を出すな」

組頭が叱りつけた。

「すみませぬ」

あわてて壮年の新番士が詫びた。

「越中守さまはお厳しい。田沼主殿頭さまが、目の前で悪口を言われても聞かない振りをしてくださったのとは違う。今のを聞かれていれば、そなたはもとより、我ら全員小普請落ちだぞ」

小普請落ちとは、役目を取りあげられて無役になることである。

「……ひっ」

壮年の新番士が首を竦めた。

役目に就くと役料あるいは、規定の役高に足りない本禄を足される。役目にある間は、収入が増えるのだ。それが無役になるとなくなる。だけでなく、小普請組へ組み入れられてしまい、江戸城修理の費用の一部を石高に合わせて供出しなければならなくなった。

諸式高騰の今、収入が減ったうえに支出が増えるのは、なんとしてでも避けたい。

「皆、気を引き締めよ。高野、般若湯を仕舞え。寒さは夜具で補う。次の巡回目付どのが、先ほどの御仁同様、話のわかるお方とは限らぬのだからな」

組頭が手を叩いた。

新番士詰め所を出た朔馬は、そのまま将軍居室の御休息の間近くまで来ていた。

「…………」

寝ずの番として御休息の間外で端座している小姓番に、目を合わせて朔馬はうなずいた。

「…………」

寝ずの番の小姓も無言で頭を下げた。

将軍の寝室でもある御休息の間側で声を出すのは、不敬に当たる。

「なんじゃうるさいの」

もし将軍がそれで起きれば、目付の役目巡回とはいえ、なにもなしではすまなかった。いや、よりまずかった。

「城中の静謐を護るべき目付が、上様のお目を醒ますなど論外である」

側用人あたりから、苦情がまちがいなく出た。

旗本の非違監察を担う目付は、どうしても煙たがられる。さらに大目付が形骸となり、城中での非違監察が目付へ預けられ、大名といえども咎められるようになってから、風当たりは一層厳しいものになっている。

なにせ、老中、若年寄といった権力者でさえ、下城差し止めできる。一旗本には過ぎたる力といえる。

今まで目付が老中、若年寄、側用人などを告発した例はない。かといって要路を敵に回しているのに近い。

少しでもつけこまれる隙を作るわけにはいかなかった。

寝ずの番をしている小姓に異常がなければ、目付はそれ以上踏みこむことはしなかった。たとえ、将軍の寝ている御休息の間、その下段で小姓たちが寝ていようが、酒盛りをしていようが、目付はそれを気にしない。

ただし、それ以外の部屋は別であった。

御休息の間の周囲にある小部屋は、軒並み襖を開けてなかをあらためる。

目付よりも先に巡回の供をする徒目付(かちめつけ)がなかを見て報告する。

「火の元、よろしかろうと存じまする」

「……うむ」

だが、かならず目付は部屋のなかに足を踏み入れ、己の目でたしかめた。

目付は城中の夜間を差配する。つまり、夜間の火災は目付の責任になった。他人(ひと)任せにしていて、万一があってはたまったものではない。

江戸城には、火事の記憶が刻まれていた。

明暦(めいれき)三年(一六五七)一月十八日に始まった、世に言う振り袖(そで)火事である。亡くなった娘の供養にと、好んで身につけていた振り袖を焼いたところ、折からの強風に煽(あお)られて舞い上がり、寺の屋根に落下、そこから火災が始まった。

前年十一月から雨がなく、乾燥しきっていた江戸はたちまち火の海になった。このとき、江戸城は一部の建物を失ったが、まだ無事であった。

翌日、一度鎮火した火事が再燃した。前夜の燠火(おきび)が原因だったのか、まったく新たな火もとだったのかはわかっていないが、江戸は二日続けての災厄に蹂躙(じゅうりん)された。なかでも悲惨だったのが、江戸城天守閣であった。

もともと天守閣は、城の象徴として籠城(ろうじょう)戦の最後まで威容を誇っていなければならなかった。戦っている将兵が、振り返って天守閣の無事を見て、まだ負けていないと心を強くするのだ。一発や二発、大砲の弾が当たろうが、数本の火矢が壁にささろうがびくともしない。

それがあっさりと燃えた。

昨夜までしっかりと閉ざされ、飛び交う火の粉を拒絶していた天守閣の窓を覆う銅板がなぜか外されていた。

開け放たれた窓から、飛びこんだ火の粉は、天守閣を大きな松明のようにして、焼き尽くした。

焼け落ちた町は八百をこえ、焼失した大名、旗本の屋敷五百、寺社三百、橋六十一、死者十二万人余りという未曾有の大火は、まさに江戸を灰燼に帰した。

「誰が天守閣の窓を開けた」

もちろん、火事騒ぎが落ち着くなり、犯人捜しは徹底しておこなわれたが、ついに知れることはなく、これ以降、天守閣は再建されなかった。

朔馬は火鉢をすべて直視し、すべての炭が灰で覆われていることを確認した。

「次」

そうしてようやく、一つの部屋を終える。

目付の巡回は、ほぼ半夜を要した。

宿直番の交代は、翌朝の五つ（午前八時ごろ）である。それまで宿直番は、任をこなさなければならなかった。

夜間巡回を終えた朔馬は、一刻（約二時間）ほどの仮眠を取り、夜明けとともに表御殿の登城口である納戸御門脇で端座した。

「おはようござる」

「ご苦労に存ずる」

出勤してきた役人たちが朔馬に頭を下げた。

「…………」

目付は挨拶を返さない。無言で朔馬は、次々と登城してくる役人、大名の所作を見つめた。

「お、おはようございまする」

一人の若い役人が、朔馬に気づいてあわてた。

「むっ」

無理に挨拶をしようとしてふらついた若い役人が体勢の崩れを防ごうと、壁に手を突いた。

「待て」

朔馬が若い役人を止めた。

「な、なんでございましょう」

目付に声をかけられて、ろくなことはない。若い役人が顔色を白くした。

「不心得であるぞ。武士たるもの、いかなるときも体軸を狂わさず、どのようなときでもすぐに応じられるようにしておかねばならぬ。わずかに顔を動かしたていどでよろめくなど恥とせよ」

「申しわけございませぬ」

「そなた、名と役目はなんだ」

詫びた若い役人に、朔馬は訊いた。

「…………」

若い役人が泣きそうな顔をした。

「申せ」

もう一度朔馬が命じた。

「…………」

その場にいた他の者が、そそくさと離れていった。目付のやることに興味を持つのは、よくはなかった。下手をすると巻きこまれかねない。あっという間に人気はなくなった。

「勘定方宇治居蔵でございまする」

目付に問われて答えないのも罪になる。あきらめたような表情で、若い役人が名乗った。

「勘定方か。それならば武術よりも算勘術が重んじられようが……たとえ勘定方でも、旗本である。旗本はいざというとき、上様のもとで戦うのが役目である。それでは、足軽にさえ及ぶまい」

「はい。ですが……」

うつむいて朔馬の説教を聞いていた若い役人が顔をあげた。

「わたくしは算盤でお仕えしております。たしかに、戦場での槍働きはできませぬが、荷駄の手配ならば人後に落ちぬ自信がございまする。戦は兵のみで戦うに非ず。矢玉の補給、兵糧の手配なくして、戦はできませぬ」

若い役人が胸を張った。

「ふむ。それもたしかである」

　朔馬は納得した。

「もとより、咎めるつもりなどない。ただ、心得というものを教えたかっただけである」

「それは……かたじけのうございまする」

　厚意からだと言われて、若い役人が息を呑んだ。

「足を止めた。もう、いってよい」

　朔馬が若い役人を解放した。

「御免を」

　一礼して若い役人が奥へと足を進めていった。

「…………」

　役人たちの登城は、明け六つから四つ（午前十時ごろ）までである。登城する者たちを見張り、その非違を監察する役目も終わる。

「ただいま、戻りましてござる」

　納戸御門から目付部屋へと帰った朔馬を当番目付が待っていた。

　当番目付とは、目付の組頭のような役目であった。もっとも同僚をも監察するのが目付である。当番目付だからといって、他の目付を配下扱いすることはできない。

たんに、外から目付部屋に用があるとき、誰に声を掛けるか悩まないですむようにするといったていどでしかなかった。

「宿直、ご苦労でござった」

当番目付が、朔馬をねぎらった。

「昨夜、城内、城外とも静謐、上様ご威光をもって平穏無事でござった。また、今朝の登城もつつがなくおこなわれましてござる」

朔馬が型どおりの報告をした。

「承った」

当番目付が了承した。

「では、本日はこれにて」

宿直番明けは、非番になる。今日半日と、翌日丸まるが休みになった。

「けっこうでござる」

当番目付が、退出を認めた。

「ご一同、お先に」

仮眠用の夜具、夜食の弁当箱を抱えて、朔馬が挨拶をした。

「お疲れでござった」

目付部屋にいる全員が言葉を返した。が、その眼差しは、朔馬の一挙一動を見張るかのように、鋭いものであった。

目付は千石高の役目であった。

旗本の俊英を集めるということもあり、かなりいろいろな格から選ばれた。とはいえ、まず上は三千石をこえず、下は四百石を割りこまない。

朔馬の多田家は、目付に抜擢されやすい六百石であった。

「お戻りでございまする」

小者が走って、屋敷へ主の帰宅を報せた。

幕府の決まりで六百石は士分三人、甲冑持、立弓持、鉄炮、槍持、草履取、挟箱持、馬口取を一人ずつ、小荷駄小者二人を抱えていなければならない。

もちろん、そのすべてを供にはしないが、士分一人に槍持、草履取、挟箱持を引き連れ、己は口取に引かせた馬で登城、下城をおこなった。

「ええい」

すぐに門番小者が応じて、表門を大きく引き開けた。

こうしないと騎乗の朔馬が通れないからであった。表門を馬上でこえられるのは、当主と上使だけの特権である。騎乗を許される身分になった旗本の多くが、屋敷替えを命じられるのは、表門を作り直すよりも手間がかからず、楽だからだ。

「…………」

玄関前で馬を降りた朔馬を用人が出迎えた。

「お帰りなさいませ」

「留守中、なにもなかったか」

当主として留守中の安否を尋ねるのは当然であった。

「はい。別段なにもございませぬ」

「来客もなかったのだな」

「どなたもお見えではございませんでした」

確かめた朔馬に、用人が答えた。

「ようやくあきらめてくれたか」

朔馬がほっと安堵の息を吐いた。

「おかえりなさいませ」

そこへ妻が現れた。

「美保（みほ）か。今、戻った」

朔馬が妻を見た。

「どうかいたしたのか」

旗本の妻は、玄関まで夫の出迎えをしない。妻の役割は、屋敷の奥を取り仕切ることで、外に顔を出すことはまずなかった。

「明日、実家へ行かせていただきたく」

美保が求めた。

「何用であるか。法事などは聞いておらぬ」

朔馬は表情を険しくした。

「父が、一度顔を出せと申しておりますゆえ」

うつむいた美保が告げた。

「ならぬと申したはずだ」

朔馬が声を荒らげた。

「実家にも帰れぬと仰せでございまするか」

美保が抗議の声をあげた。

「まだわかっておらぬのか」

あきれた顔で朔馬は妻を見た。

「目付に選任されたとき、吾(われ)はそなたに言い聞かせたはずじゃ」

朔馬が一度言葉をきり、美保の胸に染みこむのを待った。

他の役職と違った形で、目付は欠員を補充した。

目付の定員は決まっていない。当初十六人が任命され、しばらくは十五人内外の時代が続いたが、大目付の役目を目付が担当するようになってから適時増員され、二十名内外となっている。

目付は旗本の俊英の集まりである。当然、ここで止(とど)まっているわけもなく、遠国(おんごく)奉行や小姓番頭、書院番頭などへと出世していく。その穴を目付は選挙で埋めた。

「某(なにがし)が抜けた後の補充について、入れ札をおこないたいと思う。候補となるは、四名。この者こそふさわしいと思われる名前を紙に書いてご提出いただきたい」

当番目付が選挙をしきる。

立候補は許されていない。名前が挙がった者はすべて他薦であった。

「入れ札の結果、十二人の推薦を受けた立花玄蕃丞(たちばなげんばのじょう)を目付として迎え入れることと決した。異論ある者は申し出よ」

投票はその場で開票し、ただちに結果が報された。

「……ご異論ござらぬな」

当番目付が確認するが、当たり前であった。

候補にあがった段階で、徹底した調査がおこなわれている。家柄、本人はもちろん、五代にわたって遡り、姻戚、親族ともに瑕疵がないか確認される。そのなかに改易となった者、乱心をおこした者がいないか、あるいは今の執政たちと近いつきあいがないかなど、監察役をするのにつごうの悪いところが一つでも有れば、候補から外された。

「一同推薦と認める」

目付の推薦は慣例として、全員一致の形を取った。

「若年寄さまにご報告申しあげてくる」

目付は若年寄支配である。当番目付は、結果を若年寄に伝え、その日のうちに選出された者に報せがいった。

目付は旗本の誉れである。役高も大きく、役料が五百俵も与えられる。役高は千石より多ければ追加はされないが、不足していればその分を足された。さすがに長崎奉行や、勘定奉行などのように余得はないが、のちのちの出世はしやすい。

旗本だけでなく、大名まで監察する。上司、下僚の区別なく、訴え出ることができる。その権限は大きい。百万石の前田家でさえ、目付には気を遣った。

力が大きければ、制限も厳しい。

目付はどこからも後ろ指をさされないよう身辺をきれいにしておかなければならなかった。出入りの商人から、無料でなにかをもらうなどもちろん、金を受け取るなど論外であった。

他にも縁故を利用して罪を逃れようとする者と決別するため、目付に選ばれた旗本は、親類縁者と絶縁するのが決まりであった。

「前も言った。目付は情に左右されてはならぬ。ゆえに目付に選ばれた者は、親類縁者と義絶をするのが慣例であると」

朔馬が美保に説明した。

「それはわたくしまでもでございましょうか。目付に選ばれたのは殿であり、わたくしではございませぬ」

美保が反論した。

「当たり前である。そなたは吾が妻ぞ。すでに父、母を亡くし、兄弟もおらぬ吾にとってそなたがもっとも近い。いや、一心同体である。吾にかけられる規制が、そなたにまで届くのは当然であろう」

朔馬が考え違いをするなと言った。

「ではわたくしは、実家にも顔を出せぬと」

「だから、何度も申したはずだ。吾が目付の職にある間だけ我慢いたせと」

まだ文句を言う妻に、朔馬は根気強く説得を続けた。

「父が会いたいと言っておりますのに……」

美保がまだ述べた。

「いい加減にいたせ。子供でもあるまいに、駄々をこねるな」

朔馬は厳しい口調になった。

「…………」

夫の雰囲気が変わったことに美保が気づいた。

「それほど義父上どのに会いたいか」

「…………」

冷たい声に美保が顔色をなくした。

「ならばよかろう。離縁してくれる。実家へ帰るがよい」

「……それはっ」

「殿」

朔馬の宣言に、美保と用人が絶句した。

「それはあまりにご短慮でございましょう」

用人が朔馬を宥めにかかった。

「奥方さまとはいえ、女の方。ご実家が懐かしくなられてもいたしかたないことでございましょう。奥方さまもお役目が大事なのはわかっておられるはず」

朔馬を子供のころから知っている用人が、一時の思いに任せてはいけないと言った。

「黙れ、左兵衛」

朔馬が用人を叱りつけた。

「吾がなにも知らぬと思うたか」

じろりと朔馬が妻を睨んだ。

「縁あって夫婦のちぎりをかわしたゆえ、変わらぬようにと思っておったが……」

「ひっっ」

憤怒する朔馬に、美保が小さく悲鳴を漏らした。

「義父上どのが、何役をお務めか、わかっておろう」

今度は用人に朔馬は厳しい目を向けた。

「それは……」

用人が黙った。

「腰物奉行だ」

代わって朔馬が答えた。

「上様のご佩刀(はいとう)をお預かりし、諸侯から献上された銘刀を取り扱う。七百石高で、なかなかに権威のあるものだ」

「存じておりまする」

用人が応じた。

「陪臣であるそなたは知るまい。上様にお目にかかることも、なにかを差し上げることもないからな」

わかっていなくて当然だと朔馬はまず理解を示した。

「妻との仲が悪くなれば、義父上どのともうまくはいかぬ。それは吾の先々によろしくないと考えてのうえであろうが、目付という役目にとって、姻戚を格別扱いするのは、よろしくない」

朔馬が続けた。

「目付は公正厳粛、清廉潔白を旨とする。でなければ、誰が目付を怖れるか」

「はい」

言われて用人がうなだれた。

「そもそも目付というのは、戦場での軍目付にそのもとを発する。戦場で味方の誰が手柄を立て、誰が卑怯な振る舞いをしたかを監視する。己は敵に槍をつけることさえなく、ただそのためだけに戦場を駆ける。そして、戦いの後の論功行賞の場で、その意義を発揮する。軍目付の言葉は、本人の申告、見届け人の保証をも抑えるだけの力を持つ」

見届け人とは、戦場で兜首以上を獲ったとき、それを証明してくれる人物のことだ。

「まちがいなく、この武将の首を討ったのは、某どのである」

見届け人が証言してくれないと、手柄と認められないこともあった。

その見届け人がいても、軍目付の報告が優先された。

「命をかけた戦場で、死ぬ思いで得た手柄を無にされる。それこそ、家中騒動のもととなりかねぬことである。軍目付がまちがえれば主君への信頼が揺らぎかねない」

「…………」

用人が黙って聞いた。

「侍にとって何より大事な名誉を得られる戦場で、絶対の権を預けられる。その軍目付に求められるものは、公平以外のなにものでない。身内だ、知り合いだと贔屓しないことで、主君の名前を護る」

「はい」

用人がうなずいた。

「その軍目付を祖にする我ら目付が、公正を疑われるようなまねができるわけなかろうが」

朔馬が強く宣した。

「目付は他人より、身内に厳しくなければ、信用を得られぬ。他人と身内を同じように扱っていては、世間は甘いと見る。それが人というものだ」

「要らぬ口出しをいたしました。申しわけございませぬ」

用人が詫びて、引いた。

「腰物奉行どのに、色々な噂が出ていることを吾が知らぬとでも思っていたか」

「なんのことでございましょう」

美保が首をかしげた。

「女には知らされぬか。それで」

朔馬が納得した。

「なんのことでございましょう」

美保が朔馬に問うた。

「腰物奉行どのが、内職をしているということだ」

「それはあまりに失礼ではございませぬか。実家は七百石。当主が内職をせねば食べていけぬほど貧してなどおりませぬ」

夫の言いぶんに妻が実家の名誉にかかわるとばかりに嚙みついた。

「喰いかねている連中の内職ではないわ。内職とは、公務ではない仕事のことよ」

「公務ではない仕事……」

ふたたび美保が怪訝な顔をした。

「御上の腰物奉行は、将軍家のご佩刀を扱う。そしてお城の刀簞笥には、相州正宗、備前長船を始めとする天下の銘刀が詰まっている。そのすべてを義父上どのが管理している」

「名誉あるお役目であると、常々父は自慢しておりまする」

美保も誇らしげに胸を張った。

「それはたしかだ。そして、天下の銘刀を見続けてきた義父上どのは、刀剣の目利きとして、名をなしておられる」

「………」

それがなにか問題かと、美保が夫を見た。

「義父上どののもとへ刀を持ちこんで鑑定を頼む者がおる」

「たしかに、お客さまはよくお出でございました」

美保も思い出した。

「鑑定を頼めば、礼金が生じる」

「……あっ」

ようやく美保が理解した。

「まさか、父を……」

「これは咎め立てるほどのものではない」

告訴するのではなかろうなと不安そうな顔をした妻に、安心しろと朔馬が首を横に振った。

「……ほっ」

美保が安堵した。

「この余得を罪だとすれば、屋敷で患者を診て薬代をもらっている奥医師、手ほどきを願う旗本たちに教授をして束脩を得ている御用棋士なども咎めなければならぬ」

朔馬が例を出した。

幕府の医師である、幕府お抱えの棋士である。これらは天下の名医、希代の名人であるとの証明でもあった。

人は誰でも、名人上手に相手をして欲しいと願うものだ。とくに、病の治療ともなれば、名医に診て貰いたいと思うのは当然である。

しかし、どこの医者が本当にうまいのかなど、素人にわかるはずもない。そうなれば、頼るのは評判だけになる。

「あの医者はうまい」

町中での評判も重要だが、それ以上に大きいのが幕府医師という看板であった。

「将軍さまの御脈をとっておられる」

天下人の侍医。これは天下一の名医との証明でもある。

棋士でも同じである。囲碁や将棋を習いたいと考えている者たちにとって、天下人に手ほどきをしているという実績は大きい。

当然、そこに人は集まる。

人が集まれば、金も動く。また、幕府もこれらの役目にある者が内職をするのを許していた。

医療と教育。この二つは施政者にとっての仁なのだ。上にある者が下にいる者へ施す。これが仁であり、仁なくして天下は治まらない。儒教、とくに朱子学を根本としている幕府にとって、仁は必須である。

よって、これらを幕府は奨励してはいないが、禁じてもいなかった。

「では、実家と交流しても問題ございますまい」

美保が声をはずませた。

「そなたの実家が、奥医師であるならばの」

「えっ……」

氷のような冷たい口調に、美保が驚いた。

「医師は仁だ。仁はすべてを許すものでもある。目付として交際しても、なんの問題もない。仁は欲と相反するからな。だが、そなたの父は、仁ではない。腰物奉行が仁であるはずはない。人を殺す道具を扱うのだ。仁とは対極にあると言えよう」

「…………」

美保が言葉をなくした。

「内職はかまわぬが仁でなきものは、御上のお目こぼしに過ぎぬ」

「父のしていることは仁ではないと」

「当たり前だ。刀を鑑定したり、折紙を添えるなど仁ではない」

折紙を添える。これは名刀だと保証したことになる。

「それで礼金を受け取っておらぬならばまだよい。だが、義父上どのは礼金を受けている。一振り鑑定するごとに一両。折紙一通につき五両」

「それをなぜっ……」

具体的な金額まで知っていると告げた朔馬に、美保が驚愕した。

「目付の仕事だぞ。旗本の監察は。誰がどのていどの借財を抱えているか、どこの御用商人と繫がっているか、すべて把握しておる」

目付のすさまじさを朔馬は明かした。

二十人ほどで万をこえる旗本、大名を監察することはできない。そこで目付には多くの配下が付けられていた。

御家人の監察を主たる任務とする徒目付、目付の雑用をこなす小人目付、江戸の交通を司った黒鍬者などである。

なかでも徒目付は、武芸に優れるだけでなく、隠密として大名や旗本の屋敷にも忍びこんだ。

「では……」

「義父上どのの思惑もわかっておるわ」

すがるような目で見る妻に、朔馬は宣した。

「目付である拙者と妻を通じてとはいえ交流を保つことで、腰物奉行の内職を奥医師の診療と同じく、お目こぼしから御上お許しのものへと格を上げたいのであろう」

目付は旗本の非違を監察する。だけにえこひいきなどは論外である。たとえ罪がない相手であっても、後々の疑いをうけることを避けるため、交流を断つ。

その目付が妻の実家帰りを許す。

親兄弟でさえ、任にある間は行き来しない。

そこになにかしらの思惑を見ないようでは、幕府の役人としてはやっていけなかった。

「腰物奉行といえば、刀の鑑定だが……まさか、それが仁として認められたというのか」

「刀は武士の表道具である。となればそれの鑑定も武士にとって重きをなすのは当然」

こういう風にとらえる者が出てきかねなかった。

「わかったな」

もう一度、妻に朔馬は念を押した。

「あらためて実家への帰省を禁じる。もし、これを破ったならば、二度と当家に戻って来ることを許さぬ」

朔馬が釘(くぎ)を刺した。

「左兵衛」

少し離れたところで控えていた用人を朔馬が手招きした。

「はっ」

小腰をかがめた状態で、左兵衛が近づき、膝(ひざ)をついた。

「吾の留守中、美保が実家へ帰ったならば、即座に離縁状を送りつけよ。離縁状は、あとで書いておく」

厳しい表情で、朔馬が告げた。

「そんな……」

「承りましてございまする」

妻が愕然とし、用人は落ち着いて首肯した。

「あまりに情がなさすぎましょう」

美保が朔馬に喰ってかかった。

「これが目付というものだ。過去、目付の一人は、実の父親を告発し、切腹に追いこんでいる」

朔馬が言い返した。

「実父を……」

「そうだ。父の悪事を暴き、厳正なる処罰を受けさせた。この目付のお陰で、我らの行動は正しいと証明された。その歴史を拙者が崩すわけにはいかぬ。御上の権威を傷つけることになる。それこそ、拙者が切腹したくらいでは終わらぬ。そなたの実家も同じ目に遭うぞ。いや、もっと酷いだろうな。目付の名誉に傷をつけたのだ。他の目付たちが、決して許さぬ。義父上どのだけではなく、その兄弟、親戚まで累は及ぶ。目付がその気になれば、いくらでも罪は捜し出せる」

「なにもなければ……火のない所に煙は立ちませぬ」

美保が抗弁した。

「火は付けられる」

「…………」

「そんな……」

用人が絶句し、美保がよろめいた。

「よいか、まちがえるなよ。誰も冤罪を押しつけなどはせぬ」

「では……」

美保が少し血の気を取り戻した。

「叩けばいくらでも埃は出る」

「父に埃など……」

「義父上どのに埃がないならば、目付である拙者とここまで接触したがるわけはない。目付がどういうものか、長く旗本の当主をしておられる義父上どのがわかっていないはずもない」

朔馬が美保に告げた。

「…………」

「そなたの言うように、義父上どのに瑕がなかったとしよう。だが、先祖はどうだ。役目に就くまでに賄賂を贈っていないか、役目に就いてから金をもらっていないか。御上の決めた武家諸法度に抵触するようなまねはしていないか」

黙った妻に、朔馬は語った。

「そんな昔の話など、どうでもよろしいでしょう」

美保が声を高くした。

「たとえ何代遡ろうとも、罪を暴いて咎を与える。これが目付である。先祖の罪で、改易になった旗本もある。さすがに三代をこえれば、御家取り潰しまではいかぬが、罷免、減禄、家格をさげるなどは避けられぬ」

「……………」

美保が崩れ落ちた。

「わかったな。しばらく禁足しておれ」

朔馬が美保に命じた。


目付は規範である。道を歩くときは、中央よりやや左をまっすぐに進み、曲がるときはその角と同じ角度で歩を変える。距離を短くするために、角を丸く曲がったり、ななめに横断したりはしない。

夏冬かかわらず黒の麻裃（あさがみしも）を身につけていることも合わせて、一目で目付とわかる。

「これは……」

城中で出会った役人が、すばやく廊下の向かって右側へと身を寄せた。そのうえ、目を合わせないように、うつむく。

「うむ」

鷹揚にうなずきながら、朔馬はその横を過ぎた。

目付は四六時中江戸城のなかを巡回している。名目は旗本の非違監察である。なにか法に反したことがおこなわれていないかを探していると思われているが、そのじつは目付が見ているぞという抑止力を期待してのものであった。

「巡回終わりましてござる」

目付部屋へ戻った朔馬が、当番目付に報告した。

「ご苦労でござる」

当番目付が巡回記録に、朔馬の名前を書き入れた。

「それにしても……」

「なにかあったのかの」

話しかけた朔馬に、当番目付が応じた。

本日の当番目付は、朔馬と年齢も近く、目付仲間としてはよく話をする仲であった。

「さきほども……」

廊下ですれ違った役人の態度を朔馬は告げた。

「まったく我らは狂犬か。なにもなく、噛みつきはせぬ」

朔馬は愚痴を言った。

「その通りでござるがの。目付は怖いもの。我々もこの任に就くまで、そう思っておりましたでしょう」

「たしかに」

当番目付の指摘に、朔馬はうなずいた。

「怖ろしいものでござったなあ。目付は。そう、父から教えられて育ちましたゆえな」

「拙者も同じでござった。目付に睨まれただけで、家が潰れるなどと、家督相続の前にはしつこいくらい教えられました」

当番目付と朔馬が顔を見合わせた。

「目付は鬼より怖いと思っていた我らが、その目付になった」

「鬼になったわけでござる」

「角は生えておりませんがな」

二人はひとしきり笑った。

「まあ、目付を畏れるという気持ちがある奴は、大丈夫でござろうよ」

「まさにまさに」

朔馬も同意した。

「いや、そうとはかぎらぬぞ」

そこに別の目付が口を挟んできた。

「梶原氏、ご意見が違うと」

朔馬が問うた。

「さよう。ご両所は目付と目を合わさぬ者は、悪事をなせぬ小心者とのご見解のようだが……」

「小心者とまでは申しておらぬぞ」

当番目付が苦情を申し立てた。

「ささいなことだ」

気にするなと梶原が手を振った。

「拙者は違うと思っておる。目を合わさぬ。それはやましいことがある証拠。心に一点の曇りもないのならば、相手が目付であろうが、誰であろうが、まっすぐ目を見られるはず」

梶原が持論を述べた。

「なるほど。一理ござる」

朔馬は認めた。

「でござろう。目付を怖れるは、悪事をなしているから、それがばれるのを危惧(きぐ)しておると考えるべき」

「おそれるの意味が、我らとは違うようだ」

当番目付が細かいところを突いた。

「すべては疑ってかからねばならぬ。それが目付の心得でござる」

梶原が断言した。

「かと申してもな、目を逸(そ)らしただけで下城停止にもできぬしの」

朔馬が苦笑した。

目付が大名や旗本を咎めるときは、まず下城停止を命じるところから始まる。

「そのほう、いささかの疑義あり。下城を許さぬ」

目付からそう言われたら、御三家、老中でも従わざるをえない。もっとも、まだ罪人ではない。いきなり牢(ろう)に入れるわけにもいかないし、なにより江戸城中に牢はなかった。

「こちらで控えおくように」

下城停止を言われた大名は、その付近の空き座敷で待機させられる。そのとき、徒目付が一人、監視役として残り、目付は大名、あるいは役人を拘束するための手続きに入る。

目付は一人一人独立している。当番目付、目付の先達といえども、他の目付に指示はできないし、報告を求めることもできない。なにせ、同僚でも罪に問うのが目付なのだ。仲間を探っている報告を、その仲間にするなど意味がなくなる。もっともこれらはよほどの重罪のときだけで、大名か役人が城中で敷居を踏んだだとか、唾（つば）を吐いただとか、立ち小便をしたとかの微罪は、取り調べに入るという報告をした。

「承知」

報告を受けた当番目付は、ただちに徒目付を捕まった大名、あるいは旗本の屋敷へ走らせ、家老を呼び出す。

「登城中に不埒（ふらち）の儀、これあり。ただちに登城し、何々の間廊下で控えるべし」

徒目付から口頭で伝えられた家老は、大慌てで江戸城へあがり、主が叱られている座敷の前でひたすら待つことになる。

「申しわけもございませぬ」

「気がつかぬことでございました」

叱られる方は、ただひたすら詫びる。

「身に覚えがござらぬ」

などと抗弁しようものならば、

「目付たる吾が見ていたのである。それを疑うと申すのだな」

権威に泥を塗られたと目付が激怒し、調べは厳格を極めることになる。

もともと微罪ともいえないもので、城中の緊張を保つための生け贄に近い失策、せいぜい登城停止三日間、軽ければきっと叱りおくという注意だけですむような行為が、目付を怒らせれば変わってしまう。

「御上のご威光をもってお役目を担う目付を疑うとは、その方、謀叛の心を持っておるな」

謀叛は御家断絶その身は切腹、九族皆殺しの重罪である。そうそう適用されることはない。ただ、疑いをかけることは目付の仕事だけに、どう考えても言いがかりであるが、これを理由に拘束できた。

ここまで目付が好き放題できるのは、その権力の後ろ盾が、将軍だからであった。目付は若年寄に属する。が、幕府の最高権力者である老中さえも告発の対象としていた。

とはいえ、執政の告発は難しい。当たり前である。

なんの罪でどの老中を告発すると漏れれば、十分に対応できる。証拠を消すことも容易である。どころか、評定所に圧力を掛け、告発を受け付けないこともできる。

これでは、目付としての役割を十全に果たせない。

なにより上司を告発できない目付など、他の者からも怖れられず、監察としての重みもなくなる。

老中どころか大老でも遠慮することなく罪に問えるようにと、目付にはいつでも一人で将軍へ目通りを願える権が与えられていた。

「上様……」

御休息の間へ目付が来れば、将軍は小姓や小納戸などの旗本を退かせて話を聞かなければならなかった。

「よきにはからえ」

将軍得意のこの一言は、目付相手には使えなかった。

もともと戦場での手柄争いを避け、治めるために設けられたのが目付である。軍目付、戦場目付などと呼ばれ、目の前に兜首がいようとも槍を取らず、ただひたすらに味方の動きを見続ける。

「某どのは見事な指揮振りで、勝利へ大きな貢献をなされましてござる」

「名高き武将何々の首を獲られたのは某どのなれど、最初に槍を付けたのは別の者で、その傷が大きく影響を与えたものと勘案いたしまする」

軍目付の報告に異を唱えることは許されない。

「あの首は、拙者が」

「吾が槍こそ、あの武将の命を」

褒賞でのもめ事は戦の常であった。一騎討ちが花形だったころはまだよかった。他の戦いを止めて、皆で一騎討ちを見守り、敵味方かかわりなく勝者を讃える。これであれば、誰が首を獲っただとか、どの槍が云々という話は出ない。

しかし、時代の移ろいとともに戦の形が個人の武名から集団での破壊力へ変わったために、手柄の明白さがなくなった。

「この者を討ち取りましてございまする」

兜首を抱えての申告も、よく調べると鉄炮で死んだ武将の死体から獲ってきたものであったり、他人の手柄を奪ったりしたものという場合が続出した。

偽りを褒め、真実を見逃す。これをやると本当に手柄を立てる力を持つ武将が、見る目のない主君に仕える気をなくす。

信賞必罰できてこそ、信頼される主君なのだ。

そこで、戦場を見張るだけの役目として軍目付が設けられた。軍目付は、公明正大を旨とし、その報告を主君は聞き、それに従って褒賞を出す。こうして主君は家臣たちをなだめた。

主君にとって軍目付の意見こそ、重要である。主君はかならず目付の話を聞かなければならない。

これは戦国から泰平へ、軍目付から目付へ移行しても同じであった。

「老中何々守が、このようなまねをいたしましてございまする」

「うむ」

目付の報告を疑うことは将軍でも許されない。

「ごくろうであった」

もっとも目付は糾弾の権はあっても、裁決はできなかった。

軽度の罪で、将軍の手をわずらわせるほどでもない場合は咎めを言い渡すときもあるが、せいぜい慎みていどであり、それ以上になれば奥右筆へ書付をあげ、評定所へ渡す。

もっとも老中や京都所司代、大坂城代の顕職ともなると、評定所へ召し出されることはない。

「このような話が目付からでておる」

「……最近、いささか身体の具合が芳しくなく、重責を担うには心許（こころもと）なし。お役を退かせていただきますようお願いいたしまする」

将軍から呼び出された老中などの多くは、その場で辞任を申し入れる。こうして、執政が罪人になるという恥を避けるのだ。

といったところで、老中を訴追するほどの罪なのだ。城中で畳の縁（へり）を踏んだ、庭で立ち小便をしたなどという微罪ではない。老中を辞任した後、少なくとも実高の多い譜代名誉の地から、表高は同じながら収入の少ない僻地（へきち）への移封は喰らう。それですめばまだいい。多くはそこから就任中のやりように将軍家が不満を持ったという曖昧（あいまい）な咎で減禄（こ）される。さらに隠居を命じられるときもある。

目付は権門にも媚びない。目付が怖れられる一つ最大の理由であった。

「一同、注目」

当番目付が雑談している目付たちに向けて声を上げた。

「先日、入れ札の結果、全員一致で選んだ立花玄蕃丞だ。本日より、目付として執務する」

「立花玄蕃丞でござる。よしなにご指導をいただきたく」

紹介された立花玄蕃丞が頭を垂れた。

「多田、おぬしが先達をしてやれ」

「承知」

当番目付から立花玄蕃丞の面倒を見ろと言われた朔馬は引き受けた。

これも目付の仕事であった。

いかに目付は独立しているとはいえ、役目に就いていきなり仕事ができるはずはない。目付には独特のやり方がある。城内の巡回から、火事場への出動など、優秀な人材でなければ選ばれない目付とはいえ、勉強するだけの時間と教育係は必須であった。

「よしなにお願いをいたす」

「うむ。早く馴染んで、独り立ちいたすように」

頭を下げた立花に、朔馬が昔新任のとき先輩からかけられた言葉を返した。

「まずは下僚たちの遣いかたじゃ」

付いてくるようにと首を動かして、朔馬は目付部屋の隅に設けられている二階への階段を上った。

「これは多田さま」

座っていた徒目付が朔馬たちの姿を見て、あわてて立ちあがった。

「そのままでよい」

朔馬が手で制した。

「この度、目付になった立花玄蕃丞どのだ。一同、よく指示に従うよう」

「立花玄蕃丞である。よく励むよう」

朔馬に続いて立花が口にした。

目付と徒目付の間には、身分に大きな差があった。目付は目見えができる旗本であり、徒目付は将軍と会うことのできない御家人身分である。立花が尊大な態度をとっても問題はなかった。

「徒目付三宅休馬（みやけきゅうま）でござる」

「近藤六郎でございまする。なんなりとお命じくださいませ」

徒目付たちが次々に名乗った。

「小人目付、黒鍬者は城外へ参らねばならぬゆえ、また今度にいたす」

「けっこうでござる」

　立花が同意した。

「内所へご案内いたそう」

　徒目付の控えを通り抜けて、朔馬は目付部屋二階にある内所へ立花を連れた。

「ここは……」

　入った立花が壁際に作られた棚の多さに目を剝いた。

「幕府が過去作った書付のすべてがここにござる。もっとも写しでござるがな。年代ごとに分けられておる。内容ごとではないので、ご注意あれ」

「……この膨大な書付のなかから目的のものをどうやって見つけるというのでござる」

　立花が唖然としていた。

　目付は幕政のすべてに監察の手を伸ばせる。江戸だけではなく、京都所司代、大坂城代、さらには遠国奉行さえもその対象になった。それこそ、長崎でおこなわれた取引での不正などを明白にし、奉行を更迭するときもあった。その資料となるべきものがなければ、なにを探っていいかさえもわからなくなる。

そうならないよう、目付の控え室には幕府開闢以来の書付が残されていた。

「年代で見て、あとは管轄で探してもらうことになる。一応、書付の束には、おおまかな内容を書いた付箋がつけられている」

「なるほど」

立花が理解した。

「念を押すが、その付箋を外すな、なくすな、まちがえるな」

付箋が頼りである。もし、付箋に何かあれば、大事になる。

「気を付けよう」

厳しく言った朔馬に立花が首肯した。

「これだけの資料がありながら、文机は一つ、手燭も一つしかないのは……」

立花が怪訝な顔をした。

「今は案内ということで、二人で入っておるが、内所は一人で遣う場所だ」

「一人で……これだけ広いのに」

資料の詰まった棚がかなりを占めているとはいえ、机の十や十五はおけるだけの余裕がある。立花が驚いた。

「目付のしていることは、絶対秘である。たとえ、同僚、上司、当番目付とはいえ、知られてはならぬ」

「そういうことでござるか。ここでなんの資料を見ているかも見られてはいけないと」

「いかにも」

理解した立花に、朔馬が首を縦に振った。

「徒目付控えの奥にあるのは、徒目付どもが見張り役を兼ねておるからでござる。誰か一人が内所に入れば、次が来たおりに止める。これもあやつらの仕事でござる」

朔馬が説明した。

「さて、余人のおらぬところでなければ、できぬ話をいたそうか」

「なんでござろう」

表情を変えた朔馬に、立花が身構えた。

「目付は、大老、老中でも非違監察できる」

「…………」

前提を口にした朔馬に、立花が首肯した。

「ただ決して手出ししてはならぬ相手がある」

「それはどういう意味でござる。目付はすべての者を監察できるはず。もしや同僚を訴追するなというのであれば、厳として認めるわけには参らぬ」

立花が抗議の声をあげた。

「同僚など、いくらでもやればいい。やれるものなればな」

朔馬は言い放った。

「目付であろうとも、非違有れば訴えられる。これは決まりごとである。在任中の訴追はなかなかないが、転じてから咎められた者はいる」

「…………」

きっぱりと言った朔馬に、立花が黙った。

「……では、誰を」

立花が降参とばかりに問うた。

「寵臣だ」

「……寵臣とは」

答えた朔馬に、立花が戸惑った。

「上様のお気に入りの者には手出しをするな」

朔馬が具体的に告げた。

「それは目付の名にかかわることではないか。目付は誰であっても罪有れば、訴える。そうであればこそ、目付は怖れられ、信頼される。そうであろう」

立花が異を唱えた。

「建て前はな」

朔馬が苦い顔をした。

「たとえばだ。五代将軍綱吉公のときに、柳沢美濃守吉保どのを訴えられるか」

「それは……」

「十代将軍家治公の御世、田沼主殿頭意次どのを評定所へ引きずりだせるか」

「むううう」

たとえ話に立花が唸った。

「できまい。若年寄さまへ申しあげたところでお取りあげはない。そもそも若年寄さまは、旗本を管轄されるだけで、大名をどうこうする権を持たれぬしな」

幕府は老中が天下の政を、若年寄は徳川家の内政をと職掌を分けている。徳川家の内政を担当する若年寄は、旗本、御家人を管轄するが、大名には手出しができなかった。

柳沢吉保も田沼意次も、旗本から大名へと出世している。しかし、旗本のときでも、将軍お気に入りの家臣に手を出すのは難しい。

「あのような者、お近づけになられぬほうが……」

などと将軍へ具申しようものなら、己が飛ばされかねない。

「直接上様へお話をいたせば、若年寄さまを通じずとも……」

立花が目付の特権を口にした。

「お気に入りの家臣を讒言(ざんげん)されて、よろこぶ主君などおらぬぞ」

「讒言ではない。諫言(かんげん)でござろう」

言葉が違うと立花が苦情を言った。

「讒言じゃ。諫言などこの世にはないと思われよ」

諫言は主君や上司の誤りを指摘し、正しい道に戻すためになされるものである。

それを朔馬は否定した。

「な、なにを言われるか」

立花が驚愕した。

「目付は諫言を体現する役目である」

「青いの」

朔馬が嘆息した。

「諫言の本質はなにかをお考えあれ」

「主のまちがいを正すでござろう。忠臣の鑑とも言うべきもの」

立花が堂々と述べた。

「わかっておられぬな。そもそも寵臣を作られるようなお方が、諫言を好まれるとお思いか」

「それは……」

朔馬の言いぶんに、立花が自信をなくした。

「十代家治さまはもともと政をお好みではなく、田沼主殿頭さまへ丸投げされた。言いかえれば田沼主殿頭さまの言いなりであった。主殿頭さまに全権を委任しておられたとも言える。その委任した相手を駄目だというのは、家治さまの能力に文句を付けることである」

「……」

「五代綱吉さまならば、もっとはっきりしておろう。綱吉さまはすべてを己でなさろうとされたお方。そのお方が気に入って側近くに置かれた寵臣を排除しようとする。これは綱吉さまの見識を疑う行為である」

「……」

朔馬の話に、立花は反論できなかった。

「おわかりであろう。寵臣は上様そのものじゃ。上様に目付がなにを言えると」

将軍は主君である。いかに目付といえども将軍の非違監察はできなかった。

「寵臣に手出しすれば、まちがいなく潰される。覚えておかれるがいい」

他人の入らない内所に連れてきたのは、この釘を刺すためであった。

「これは先達役の目付が、新任に伝えるなによりも大事なことだ。いずれ、貴殿も先達役をするときがくる。そのとき、なにを教え忘れてもかまわぬが、これだけはしっかりと念を押すように」

かつて朔馬も同じことを言われていた。

「目付は決して神ではない。老中でさえ訴追できる。それは上様のご威光を背負っているからである。そのご威光に晒されれば、目付も身を焼かれる」

朔馬がゆっくりと立花に語った。

「目付は虎の威を借る狐でしかない。虎の口に鼻先を持っていけば喰われるだけ。目付の権を己の力だと誤認してはならぬ」

目付に選ばれるほどの人物である。誰も気が強い。その鼻柱を圧し折る。

そこから目付の仕事は始まった。

目付　あとがき

目を付けるという言葉がある。

良い意味でも悪い意味でも使う表現で、軽い言い方をすれば気に掛けるとなるし、重く取れば監視するになる。

「あの娘に目を付けているんだ」

「なにかしでかしそうだ。目を離すなよ」

このどちらも目を付ける行為になる。もっともその意味合いは大きく違う。

目付は重い方の意味から生まれた。

広辞苑によると目付という役目が生まれたのは、室町時代らしい。もっともっと前から同じような役目はあった。

律令制の八省とは別の、弾正台がそれである。

行政の監察をし、洛中の風俗を取り締まった。左大臣以下の非違監察をおこない、天皇に奏上する権を有していたが、太政大臣、関白、摂政を埒外としたことで、その任は形骸になってしまった。のち、弾正台の効力に疑問を持った天皇が検非違使を新設するが、これも同じで名前だけの役職に落ちた。

今でも同じだが、例外規定を作った法案や条例は、かならず骨抜きになる。人が作った法には穴がある。その穴をどれだけなくすかで、法が厳格に運用されるかどうかは決まる。

そのいい例が、昨今話題の政治資金規正法や、政務活動費の交付に関する条例である。領収書が要らない、あってもその裏付けを取らない。細かい運用が定められていない。こんなざる法が歯止めになるはずもなく、私的流用はなくならない。

地球を何十周もするガソリン代の領収書など出てきてはおかしいのだ。それだけいろいろとかけずり回って調査したと言うが、では、議会の開催時には全部出席したのかという疑問が出る。なにより、それだけのときと貴重な資源とお金を使った結果はどうだ。見合う以上の成果は出したのか。民間だったら、使用した経費以上の利益を生まないと、将来はない。良くて左遷、降格、下手をすれば免職である。政治家になろうかというお方である。馬鹿ではない。最初はきっと熱い思いに満ちていたはずだ。

それがいつの間にか、私利私欲に染まってしまう。これが権力の恐ろしさである。

もちろん、ごく一部である。

当然、こういった違法行為には警察と検察が対応する。ただ、その行動の根拠となる法が穴だらけだと、どうしようもない。

逮捕、喚問、取り調べという私権を大きく制限する権を持つ警察、検察に恣意で動かれては困る。かならず、警察、検察の行動には、法の裏付けがなければならない。

「なんで、あいつが捕まらない」

「あんな言い訳が通じるのか」

テレビや新聞を見ているとそう思うことも多い。

かつて「巨悪は眠らせない」と宣言した名検事がいた。故人となられた伊藤栄樹元検事総長である。伊藤氏は、就任挨拶のなかで他にも「被害者と共に泣け、国民に嘘をつくな」とも言われている。まさに、法の番人にふさわしい人であった。

法の番人は万人に等しくなければならない。

現在、憲法改正が論じられているが、法のもとでの平等は決して揺るがされてはならない。憲法は、国民の生活を護るため、国家を縛るものだから。

私たちが支障なく毎日を送れるのは、法の庇護があればこそのものであり、法の抑止力のお陰だからだ。

法の整備がかえって、抜け穴を作ってしまった現代と違い、一人将軍が絶対であった江戸時代はどうだったのか。

まず、法の理念が違う。平等という概念は法にはない。

今の男女同権から見れば、異様ではあるが、罪を犯しても女は男と違い、半人前扱いだったので罪は軽かった。人を殺した下手人でありながら、女だからといって罪一等を減じられた記録を見た記憶がある。

逆に殺されたのが庶民か武士かで下手人の罪が変わったりもした。基本、江戸時代の刑法は報復主義、見せしめ主義である。人を殺せば、死罪になる。まず、死刑ありきで、そこから格別の温情をもって云々で減刑されていく。

現代の裁判制度は前例主義を取り、裁判官個人の考えで罪の軽重を量りはしないようだが、江戸時代は町奉行や代官など裁判をおこなう者の気分次第で大きく上下した。

なにせ町奉行や遠国奉行、代官は、捜査権、逮捕権、裁判権を一人で行使できた。さすがに死罪を科すには老中の許可が要ったようだが、それ以外はまず独断で決められた。

そのほとんどが創作話だといわれている大岡政談（おおおかせいだん）を見てもわかる。子供の両手を引っ張り、子供が痛がったのを見て手を離した女を母親だと判断したとの話も、子を想ってのことと美談になっているが、他人に子供を奪われそうな母親は必死になって手を摑（つか）むのではないかと筆者などは誤審じゃないかと考えてしまう。

脱線しすぎた。町奉行のことを書くのではなく、目付の話であった。とにかく、冤罪も量刑判断のまちがいもあっただろう。

庶民に対しての司法は、かなりいい加減なものであったとすれば、武士階級はどうだったのか。

最近、士農工商という身分制度は明治になってから創設されたもので、江戸時代にはなかったというのが定説になっているらしい。

要は武士とその他という考え方が幕府の基本的なスタンスだったというのだ。

武士をすべての民の上に置く。これは武家政権の典型である。

武力を持つ者は、それを背景に他者を支配する。その代わり、庶民以上に規律を守る。武士が名誉を重んじ、恥をかくくらいならば自裁するのは矜持（きょうじ）からであった。

当然、非違監察も庶民とはレベルが違うほど厳しいものになる。

武士の規律規範の体現者こそ、目付であった。

目付にはいくつかの種類があった。

大目付、目付、徒目付、横目付、足軽目付などである。

このなかで、大目付は幕府の役職であり、その他は諸藩にもあったとされる。大きいという文字は幕府のものであり、諸藩では遠慮することが多かった。なにより、大目付は大名目付の略で、幕府以外に大名の非違監察ができるはずもない。大目付といえるのは幕府だけのものと考えていい（岸和田藩など一部に大目付の記録はあるが、もちろん役割は違っている）。

大目付はもと惣目付と呼ばれていた。幕初の柳生但馬守宗矩の辣腕は、時代物をお好きな方はご存じであろう。柳生但馬守が惣目付であった期間はわずかに四年弱であるが、その間に潰された大名は四十余、没収された領土は二百万石をこえる。この功績で柳生は累進を重ね、大名にまで立身した。

これは幕初という時期ゆえであり、柳生但馬守が悪辣な罠を仕掛けたというわけではない。諸大名に担がれて将軍になった徳川だが、盤石ではなかった。なにせ天下を統一したのは徳川ではなく、豊臣秀吉だったからだ。

豊臣秀吉が武力と財力、交渉力を駆使してすべての大名を支配した。それを徳川は秀吉の死後奪い取っただけで、諸大名を完全に掌握していたとは言い難い。

天下は廻りものと徳川が証明してしまったのである。いつ、豊臣と同じ目に遭うかわからない。徳川は、難癖を付けてでもライバルになり得る外様大名を潰して回った。柳生但馬守はその実行者でしかなかった。

しかし、幕府の安泰をはかるはずの外様大名改易が、ぎゃくに新たな火種を生んだ。

四代将軍家綱の就任直後に起こった由井正雪の乱である。主家を潰された浪人が、生きていけなくなり、恨みのある幕府に一矢報いてやろうと計画した。幸い、決行直前に仲間割れがあり、鎮圧に成功したが、幕府は大きな教訓を得た。大名を潰しすぎては不満を持つ浪人を世に放つ。学習した幕府は、大目付の権限を大きく制限した。

大目付が表舞台から降りたことで、脚光を浴びたのが目付であった。目付は老中支配と違って若年寄支配である。老中は天下を、若年寄は旗本、御家人を支配する。これだけでもわかるように目付は、旗本の非違監察が本来の役目であった。

それが大目付の落魄とともに権限があがり、城中すべての監察をおこなうようになった。

登城、下城を見守り、昼夜を問わず城中を巡回、江戸城下の火事場にも出張した。大名、旗本の死や病の確認にも出向き、検死、見舞いをおこなう。目付の業務は多い。当然、権限も大きく拡がった。

非違監察だけではなく、礼儀作法にまで口出しする。

「畳の縁を踏んだな」

「平伏のとき、頭の下げ方が足りぬ」

「袴の位置がずれている」

謀叛やお家騒動などの大事が減ると、重箱の隅を突くようになる。これはいつの世でも同じである。なにもなければ、作り出す。そうしないと役目の存在意義が問われることになり、いずれ大目付のように形骸になってしまう。その怖れが目付の仕事を変えた。

「そんな細かいことを」

「どうでもいいではないか」

諸大名、役人にも言い返すだけの気力はない。幕府の検察官である目付に目を付けられては、どのような難癖を付けられるかわからないのだ。

攻める側と受ける側が納得してしまえば、この光景が当たり前になる。

ただ町奉行所と違うのは、目付は告発までしかできない。

「その方、疑義あるにより、下城を停止する」

取り調べのために、大名や役人を足止めできても、咎を与える権利は目付にはなかった。目付は大名、役人を評定所に告発するまでで、刑を決めるのは老中、寺社奉行、町奉行、勘定奉行たちによる合議であった。

もっとも告発された段階で、まず有罪であった。告発して無罪となれば、目付の沽券にかかわる。目付は必死で証拠を捜し、厳しく問いつめた。ちなみに、目付に拷問をする権はない。なにせ相手は武家である。庶民と同じ扱いはできなかった。

とにかく、目付はなんとかして被疑者を罪に落とそうとした。本人に瑕が見あたらなければ、三代くらい遡るなど平気でやった。目付としての能力を見せつけるために、実の父親を告発、切腹に追いこんだ例もあるという。

大目付が権限を取りあげられてから大きくあがかなかったのに対し、目付がここまでなりふりかまわず手柄を求めたのはなぜか。

一つには目付が旗本の優秀な人材を集めたというお題目にあった。優秀なのだから結果を出さないはずはないという、周囲の思いこみに応えようとした。

もう一つは、大目付が旗本の上がり役で、それ以上の出世がないのに比して、目付は途上であるということだろう。

目付を経験し、無事に務めたものは、長崎奉行や大坂町奉行などの要職へ転じていく。長崎奉行は一度務めれば、孫子まで裕福に過ごせるというほど余得の多い役目であり、大坂町奉行は数年のち江戸町奉行や勘定奉行へと栄転していく可能性が高い。

目付は目標ではなく、踏み台であった。己がさらなる立身をするための足がかり、そして咎めを受ける者は糧あるいは生け贄でしかない。

そんな連中に非違監察という錦（にしき）の御旗を預けていた江戸時代、法の規制を受け、手出しできない悪がいる現代。

どちらがましなのだろうか。

第四章　小納戸の章

小さな音を立てて、土圭が、明け六つ（午前六時ごろ）を示した。

「ご同役」

「うむ」

二人の旗本が顔を見合わせてうなずいた。

「刻限でございまする」

最初の声を出した旗本が、襖を開けて宣した。

「…………」

無言で土圭の間前の畳廊下、入り側で控えていた小姓番が立ちあがり、御座の間三の間へと向かった。

「もはや」

小姓番が、三の間で寝ずの番をしていた別の小姓に告げた。

「…………」

一度頭(こうべ)を垂れた寝ずの番の小姓が、背筋を伸ばした。

「もおおおおおおお」

寝ずの番の小姓が妙な声を出した。

「……もおおおおお」

続けて二の間でも同じ声がし、

「もおおおおおおおおおおお」

最後に長く次の間で繰り返された。

「……もう、朝か」

御座の間上段の間で夜具にくるまっていた五代将軍綱吉(つなよし)が、眠そうな目を開いた。

「お掃除始めさせていただきまする」

上段の間と下段の間には、一段の差がある。その段差際で控えていた小納戸頭(こなんどがしら)柳沢保明(やなぎさわやすあきら)が、手を突いた。

「始めよ」

「はっ」

「承知つかまつった」

下段の間に控えていた小納戸たちが、箒(ほうき)、はたきなどを手に持ち、小腰を屈(かが)めた姿勢で上段の間へと足を踏み入れた。

「…………」

綱吉がまだ横になっているのもかまわず、小納戸たちが掃除をおこなう。枕元を箒で掃かれた綱吉が顔をしかめるが、誰も気には留めない。

これは将軍は武家の統領であり、常在戦場を体現する立場だという形式に基づいている。起床の時間だと報(しら)された以上、将軍はすでに目覚めているのだ。起きているならば、周囲を掃除されても埃(ほこり)が顔にかかることはない。

「公方(くぼう)さま」

柳沢保明が、綱吉にもう一度声をかけた。

「ふん」

鼻を鳴らして、綱吉が身体を起こした。

「お漱(すす)ぎを用意いたせ」

「はっ」

掃除とは別の小納戸が、すでに用意してあった黒漆塗りの手桶(ておけ)に水と湯を合わせたものを入れた片口と白絹の布を入れて、しずしずと綱吉のもとへ運んだ。

「…………」

その後に長崎交易で清国から贈られた段通を手にした小納戸が続いた。

「ご無礼をつかまつりまする」

まず夜具の上に起きあがった綱吉の右手に段通が敷かれた。

「お漱ぎでございまする」

段通の上に手桶と白絹の顔拭きが置かれた。

「房楊枝をお使いあそばしますよう」

三人目の小納戸が、頭を垂れた姿勢で、奉書紙に挟みこまれた黒柳製の房楊枝を捧げた。

「うむ」

綱吉が奉書紙ごと房楊枝を摑んだ。

房楊枝は木の枝の先を砕いたもので、細かくなった部分に塩や砂を付けて歯を磨く。

「うん」

なんどか房楊枝で歯をこすった綱吉が、右手をのばした。

「はっ」

最初の小納戸が会津塗りの片口を差し出した。

「…………」

片口に唇をつけた綱吉が口を漱ぎ、差し出された黒漆塗りの手桶に水を吐いた。

「もうよい」

白絹で口のまわりを拭いた綱吉が、房楊枝を手桶へと捨てた。

「御膳を」

柳沢保明が間髪を容れず、次の指示を出した。

将軍の食事は、中奥の台所で調理され、御座の間近くにある囲炉裏の間へ運ばれる。ここで、小納戸の二人によって毒味される。そののち、汁物などは囲炉裏の間に設けられている囲炉裏で温めなおされて、綱吉の前に供される。

「公方さま、お渡り」

柳沢保明の合図で小姓番が御座の間の周囲を警衛、綱吉は御座の間を出て入り側一つ離れた小座敷へと移り、朝餉を摂る。

将軍の朝餉は決まっていた。

膳の上には飯、潮汁と菜の煮物、そして四四の鱚を焼いたものがのっていた。

鱚は魚偏に喜ぶと書く。めでたい魚だとして、毎朝日本橋の魚河岸から二十本献上される。それを二本ずつ、塩焼きと醤油の付け焼きにして将軍と御台所の膳に出された。

「…………」

いかに将軍とて、毎日同じものの繰り返しではあきる。しかし、それを口にしてはならなかった。

「あきた」

「まずい」

この二言を綱吉が口にするだけで、台所役人の首が飛ぶ。

「公方さま、今宵のお食事にお好みはございましょうや」

綱吉が眉をひそめたのを見た柳沢保明が先手を打った。

将軍とて食べたいものはある。魚が好きな将軍もいれば、野菜嫌いもいる。

「雉を出すように」

綱吉が食べたいものを口に出した。

「焼きましょうや、それとも吸い物に」

「味噌で焼くよう」

「承知いたしましてございまする。御膳番、公方さまのご意向を台所へ伝えよ」

材料と調理方法を訊きだした柳沢保明が、御膳番の小納戸へ命じた。

「はっ」

台所役人と接触するのは御膳番の仕事である。一人の御膳番が、御広敷台所へと早足で向かった。

「もうよい」

朝餉を綱吉が終えた。

「畏れ入りまする。御脈を拝見」

朝餉の直後に当番の奥医師による診察がおこなわれた。

当初、貴人に直接触れるのは無礼であるとの考えから、将軍の手首に結びつけた黒い絹糸を隣室から引っ張ったり緩めたりして脈をはかっていたが、まったくの無駄であると廃止されていた。

現在は薄い絹の布を綱吉の手首に巻き付け、その上から脈を取る形になっている。

「御脈頂戴いたしましてございまする」

奥医師が一礼した。

「お口をあけていただきますよう」

綱吉が白湯を喫し終わるのを待っていた奥医師が、診察を再開した。

「舌を拝見つかまつりまする」

奥医師が綱吉の口を覗きこんだ。

「お色、艶よろし。荒れもなく、ご良好と存じあげまする」

診終わった奥医師が海老のように後ずさった。

「うむ」

健康状態に問題ないと知らされた綱吉が満足そうにうなずいた。

「お戻りを願いまする」

柳沢保明が綱吉に御座の間へ帰るように願った。

「……御膳番、奥医師」

「ただちに」

御膳番が、綱吉の食べ残した飯、汁、おかずをそれぞれ秤に掛け、重さを量った。

「…………」

その目盛りを奥医師が記載していく。

「いかがであるか」

結果を柳沢保明が問うた。

「昨日とほぼ同じで、お変わりないようでございまする」

奥医師が報告した。

「のちほど、ご便を拝見いたさねば、確実とまでは申せませぬが、お身体に障りはないかと」

「まことであるか」

「奥医師の診断をお疑いになるか」

しつこく確認した柳沢保明に、奥医師が気色ばんだ。

「そういうわけではない。しかし、公方さまのご調子が天下を揺るがし兼ねぬのだ。念には念を押すのが当たり前であろう」

柳沢保明は詫びなかった。

「……ごめん」

不満そうな顔で奥医師が、小座敷を出ていった。

「柳沢さま」

その場に残っていた御膳番の小納戸が気遣わしげな声を出した。

奥医師は将軍とその家族を診る。身分としては小納戸頭よりも低いが、直接将軍と会話を交わせる。

「あの小納戸頭どのは、いつも我らの診立てに口出しをなさる。公方さまの大切なお身体を慎重に拝見しているときに、他から割りこまれては、なにかと集中もできませず」

　こう奥医師が将軍へ愚痴るだけで、お役御免になりかねない。配下の危惧は妥当なものであった。

「不思議だとは思わぬか」

「なにがでございましょう」

　不意に問いかけられた御膳番が戸惑った。

「奥医師は公方さまをお健やかだという。さらに公方さまは、大奥へ毎夜のようにお通いである」

　柳沢保明が述べた。

　将軍によって大奥へ足を運ぶ頻度は違っていた。

　大奥の設立は三代将軍家光のころになる。それ以前は、表と奥の区別はあったが、今ほど厳密ではなく、将軍の御台所や側室がなにかの要求を押し通すため、表まで出て老中と膝詰め談判をすることも珍しくはなかったし、その逆も当たり前のようにあった。

　それがはっきりと区別を付け、男子禁制とまではいかないが、大奥への出入りが厳しくなり、女中の外出も制限されるようになったのは、春日局の考えによった。

「怪しげな女どもに公方さまのお情けはもったいな過ぎる」

春日局は溺愛している家光を手元に置こうとした。

初代将軍家康の後家好きは有名であった。

田畑の視察、鷹狩り、遠駆けとしょっちゅう城から出ては、百姓や郷士の家へより、その家にいる後家に手を出す。後家が居なければ、妻でも構わない。その結果、家康は男子十一人に恵まれた。

二代将軍秀忠は恐妻家であった。御台所御江与の方の尻に敷かれ、側室を作ることさえできなかった。とはいえ、男である。いい女を見れば欲情する。秀忠は、本丸の庭で一人の女中を見初め、そのまま抱いた。すぐに御江与の方の知るところとなり、女は放逐されたが、後の会津藩主となる家光の弟を産んでいる。

「大統を継がれるお方は、吾がもとで」

外で子ができるのは大奥の価値を下げる。春日局は大奥に仕える者だけを将軍の女にした。

これが幕府の思惑とも一致した。

幕府は天下と同義である。その幕府は将軍が居てこそなりたつ。徳川家の当主に朝廷が征夷大将軍の地位を与えるから、幕府を開くことができる。

もし、徳川家から将軍位が取りあげられれば、幕府は消える。とはいえ、徳川であれば誰でもいいというわけではない。

正しい血筋、徳川家康の血を引いていることが絶対条件である。しかし、将軍が江戸城を出て、気ままに市井の女を抱いたら、生まれた子供が家康の血を引くという保証はなくなる。市井の女が、将軍だけとしか閨ごとをしていないとは限らないのだ。わずかな、それこそ毛の先ほどの疑義でもあれば、それは将軍にできなかった。

家康の子孫だからこそ、譜代大名が忠誠を誓い、外様大名たちが従うのだ。どこの誰だかわからない男の子であれば、この両方が崩れる。

幕府崩壊である。

それを防ぐには、将軍が抱いた女を隔離するのが手っ取り早い。大奥以外の女を抱かせなければ、生まれた子供への疑念は払拭される。

表と奥の共同作業で大奥ができ、それ以降、大奥だけが将軍の閨となった。

もっとも将軍によって大奥へ通う頻度は違った。

男色をとくに好んだ三代将軍家光は大奥で女を抱くより、御座の間上段で稚児小姓たちと戯れるのを選び、身体が弱く性欲も薄かった四代将軍家綱は義務で大奥へ入るだけで、月に数日も行けば良いほうであった。

その二人に比して、五代将軍綱吉は、優秀であった。

「なんとしてでも、吾が子の大統を」

兄家綱に子がいなかったおかげで五代将軍の地位を手にした綱吉は、跡継ぎを欲した。

もともと館林藩の藩主だったころには、男女一人ずつの子供がいた。ともに綱吉の寵姫であるお伝の方が産んでいた。

しかし、跡継ぎであった徳松は、綱吉が将軍になってまもなく、五歳という幼さで病死してしまった。また、姉の鶴姫は御三家の紀州へ輿入れしているため、綱吉の子供は江戸城からいなくなっていた。

綱吉は歴代将軍の祥月命日を除いて、ほぼ毎日大奥へ通っていた。

「であるに、お伝の方さまを始めとするご側室方の誰も懐妊なさらぬのはなぜだ。公方さまはお元気なのだぞ」

「それは……」

柳沢保明の勢いに、御膳番が詰まった。

「ご側室方のお身体に……」

「あれば奥医師から報告があろう」

側室たちの健康管理も奥医師、御広敷医師の仕事である。なにかあったときは、柳沢保明のもとへ報せが来た。

「閨の調整は小納戸の仕事である」

小納戸は将軍の身の回りの世話をすべて担う。そのなかには閨ごとも入っていた。

「今宵、伝のもとへ参る」

おおむね昼餉（ひるげ）の後の執務を終えたころ、綱吉は大奥入りと相手の側室を告げる。

それに対しては三つの返答が小納戸頭からなされる。

「畏れ入りまするが、本日は二代将軍秀忠さまの命日にあたりまする」

歴代の将軍、家康の父松平広忠（まつだいらひろただ）、祖父清康（きよやす）の命日は、精進日であり、将軍の大奥入りはできない決まりであった。

「あいにく大奥より、お伝の方さま、月の障りと報せがございました。他のご側室さまならば大事ございませんが、いかがいたしましょう」

男に都合はないが、女には閨に侍（はべ）れない日がある。

「さようか。ならば、何々でよい」

「わかった。本日は大奥へ行かぬ」

綱吉の返答次第で、後の予定は変わる。

「承りましてございまする」

精進日でもなく、指名された側室に問題がなければ、そのままを小納戸頭は上の御錠口番を通じて大奥へ伝える。

小納戸の仕事は、多岐にわたった。

「公方さまもご側室方にも問題はない。なぜ、和子さまができぬ」

「わかりかねまする」

医者ではない。御膳番が首を左右に振った。

「お食事に工夫はできぬか」

柳沢保明が御膳番を見た。

「もっと御精の付くものをお召し上がりいただくように」

「無理でございまする」

御膳番が否定した。

「朝餉の献立は決められておりまする」

「むっ」

拒絶に柳沢保明が苦い顔をした。

幕府は慣例で動いている。慣例にさえ従っていれば、決して罪に問われないからである。もし、慣例の通りにしてなにかあったとしても、それは仕方のないこととして流された。咎めるならば、慣例を続けてきた者すべてを対象にしなければならなくなるからである。

「慣例ももとからそうであったわけではない」

柳沢保明が強弁した。

代々続く慣例というものにも、最初はあった。それがうまくいったればこそ、慣例になったのだ。

「魚偏に喜ぶと書く縁起のいい魚でございまする。なにとぞ、将軍さまの御膳に」

いつからかは記録にさえないが、最初はこうだったはずである。

「めでたいことである」

献上を受けた将軍が、それを喜んで食べた。これが、慣例になった。

「毎朝、鱚を出せ」

そう命じた将軍はいない。綱吉がそう言ったのならば、柳沢保明は最初から朝餉の献立に文句は付けなかった。

「台所が納得いたしませぬ」

御膳番がもう一度首を横に振った。

台所役人は若年寄支配であり、小納戸頭の下僚ではなかった。

「儂(わし)からだとして、台所へ公方さまのお食事に今少し工夫をと申しておけ」

「……はい」

御膳番がしぶしぶうなずいた。

「戻る」

柳沢保明が、小座敷を後にした。


小納戸にはいろいろな役目があった。当たり前である。人一人が生きていくには、相当な数の助けがいる。

まず食である。米を作り野菜を栽培する百姓、魚を捕る漁師などが、食材を用意してくれなければ食事さえできない。そこに調理する者もいる。

次に住である。雨風をしのぎ、外敵の侵入を防ぐ家を造るためには、大工や左官といった職人が必須(ひっす)である。

もう一つは衣である。寒さを防ぎ、移動に伴う傷などを防ぐため、人は身に衣を纏(まと)う。その衣の材料となる綿や麻を栽培する百姓とそれを使って布を織る職人、そして衣服の形に整える針子がいなければならない。

もちろん、将軍家は徳川四百万石の当主でもある。領地からあがる年貢や税で衣食は整う。住も江戸城が有れば、話はすむ。

小納戸にこれらを担当する者はいなかった。

とはいえ、役目は多岐にわたる。食事の世話、居室の清掃、将軍の衣服の着替え、月代の手入れ、夜具の手配と管理、表役人との折衝を担当する者などの他に、将軍が居室を出て庭へ出るときの雑用を承る庭方、鷹狩りの供をする鷹方、遠乗りのときに従う馬方、軍務教練に同行する大筒方などもいた。その数は一定しておらず、二十数人から百人ほどと幅広い。

これらの役目を分担しながら、当番、宿直番、非番を交代する。小納戸に組はなく、組頭一人と、肝煎役で運営されている。しかし、小納戸頭が非番あるいは、病で休養しているときは、もっとも格式の高い御膳番と表役人との折衝を担当する奥之番が合議して、小納戸を動かした。

将軍の身の回りの世話という、目に見える功績が立てやすいため、小納戸になりたがる者は多く、名誉の小姓番、実利の小納戸と言われていた。

「月代御髪」

御座の間へ戻った柳沢保明が、次の指示を出した。

「承りまする」

返答をした月代御髪係が、懐から口宛の布を出し、四隅に付いている紐を首の後ろでくくる。これは、綱吉の月代を剃り、髷を整えるときに息がかからないようにするためであった。

「御免をこうむりまする」

御座の間で端座している綱吉の後ろに月代御髪係が廻り、助け番の小納戸が小さな桶にぬるま湯を入れたもの、手ぬぐい、新しい元結を運んだ。

「ご無礼を」

道具を並べた月代御髪係が、綱吉の髷を留めている元結を鋏で切った。

「…………」

ここからは無言の作業になる。

月代御髪係は仕事のためとはいえ、将軍の身体に剃刀をあてられる。月代御髪係がその気になれば、将軍の首を掻き切ることもできるのだ。もちろん、そのようなまねをして生きていられるはずもなく、九族郎党まで根絶やしにされる。

しかし、人のやることである。絶対はない。月代御髪係が将軍の月代に剃刀をあてたときに、手を滑らせ傷を負わせることはある。

「痛い」

将軍が苦鳴を漏らす。

「なにをする。無礼者」

将軍を怒らせる。

「…………」

あるいは、将軍はなにも言わなかったが、血が垂れて衣服に付く。

このどれかになったとき月代御髪係は、謹慎して進退伺いを出すことになる。いや、まず辞さねばならない。

ようやく得た小納戸の役目をそうそうに失いたくはない。

月代御髪係は、目を皿のように見開いて、慎重に剃刀をあてていく。

天下を統べる将軍である。庶民のように、月代は数日に一度剃るのではない。毎朝、月代御髪係が剃刀をあてている。まず、ほとんど髪の毛があたることはないだけに、かえって感触が摑みにくい。かといって、振りだけしているというわけにはいかなかった。一日手を抜けば、翌日の当番役にしっかりと見抜かれてしまう。

「昨日の月代御髪係は、手を抜いたようでございまする」

こう小納戸頭に報されれば、それでお役御免はまちがいない。

「公方さまのお側に仕える栄誉をなんと考えるか」

即日お役御免のうえ、謹慎、小普請組入りは避けられない。しかも懲罰を受けての小普請組入りである。無役の旗本、御家人を集めた小普請組はいわば役立たずの集まりである。そこに罪を得て落とされた。末代までとはいわないが、何代かはお役に就くことはできなくなる。

月代御髪係は、小納戸のなかでもっとも外れ役とされていた。

「……加減はいかがでございましょう」

月代を剃り終わり、椿油を染みこませた柘植の櫛で髪を梳き、髷を結いあげた。

このとき、引っ張りすぎては綱吉が不快を感じ、緩めすぎては簡単に髷が崩れる。ちょうどよい張り具合を探るため、月代御髪係が尋ねる。

「うむ」

首を動かさずに、綱吉がちょうどよいとの返答をした。

「では、これで」

月代御髪係が元結を縛り、余った部分を切り取った。

「公方さま」

その様子をじっと見守っていた柳沢保明が、綱吉に具合を問うた。

「…………」

無言で綱吉が手を振った。

「はっ。下がってよい」

柳沢保明が、月代御髪係に仕事の終わりを告げた。

月代御髪係は、将軍の髪を結うだけの仕事である。髷はその日、風呂にはいるまで維持される。これで月代御髪係の一日は終わる。

ただ、万一の乱れにそなえて、月代御髪係も夕刻までは控えていなければならない。月代御髪係が、御座の間に隣接している納戸控えへと引っこんだ。

「お着替えを」

すぐに柳沢保明が次の指示を出す。

月代を剃ったことで、細かい髪が綱吉の身体に付着している。短い髪というのは、衣類の隙間に入りこんだり、襟に刺さったりして、不快感を与える。

「なんじゃ、これは」

一本の毛が将軍の機嫌を損ねることもある。

小納戸頭の任の最たるものこそ、将軍のご機嫌取りであった。

「お召し替えを」

「うむ」

白絹の夜着を脱がせる。

将軍は武家の統領である。戦場で鎧（よろい）を身につけるときも出てくる。しかし、大将の鎧ともなると、まず一人で脱ぎ着できるものではない。手早く鎧を身にまとうには、手伝ってくれる者の邪魔にならぬよう、されるがままになるのがいい。

綱吉は軽く両手を拡げて、仁王立ちしている。そこに小納戸が数人取り付いて、着替えをさせた。

「よろしゅうございましょうや」

着替え終わるのを待っていた小姓番組頭が、綱吉に伺いを立てた。

「よい」

綱吉が首肯した。

「…………」

無言で柳沢保明は御座の間下段襖際へと下がった。

「…………」

小納戸たちも納戸控えへと引っこんだ。

「大老堀田筑前守さま」

小姓組頭が御座の間へ入ってきた大名の名をあげた。

御座の間で、家臣には敬称が付けられない。老中といえども官名を呼び捨てにされる。ただし、綱吉の五代将軍任官に功績大である堀田筑前守正俊だけは、別扱いをされていた。

「父とも思うぞ」

大老酒井雅楽頭忠清によって将軍候補からも外されていた綱吉を、密かに死の床にあった四代将軍家綱に目通りさせたうえ、後継者指名を受けられるように手配したのが堀田筑前守であった。その結果、堀田筑前守は大老になり、綱吉も格別な扱いをしていた。

「ご大老さま」

一人綱吉の命に応じるため、御座の間下段に残った柳沢保明が、堀田筑前守を迎えるよう、身体の向きを合わせた。

柳沢保明は、もと上野館林藩士であった。綱吉が館林藩主から将軍へと立身を遂げたのに連れて陪臣から直臣に身上がりをした。いわば、堀田筑前守が綱吉を将軍にしてくれたお陰で、旗本になれた柳沢保明も小納戸から小納戸頭に出世できた。

柳沢保明は、堀田筑前守に深く感謝をしていた。

「…………」

最初に声をかけるわけにはいかない。目で柳沢保明の歓迎に応じた堀田筑前守が御座の間下段中央に座した。

「公方さまにおかれましては、ご機嫌うるわしく、筑前守恐悦至極に存じまする」

堀田筑前守が手を突いて定型の挨拶をした。

「うむ。筑前も壮健のようでなによりである」

綱吉も決まった応えを返した。

将軍が問うまで大老といえども用件を口にはできない。綱吉が発言を促した。

「本日は何用じゃ」

「護国寺につきまして……」

「なにか問題でもあるのか」

堀田筑前守の発言に、綱吉の口調が硬くなった。

二年前の天和元年（一六八一）二月七日、綱吉は生母桂昌院の願いを受けて、高田にあった幕府薬草園の土地を下賜、護国寺の創建を命じた。

これは桂昌院が深く帰依していた高崎大聖護国寺の僧侶亮賢を江戸に招くため

のものであった。

　五万坪をこえる敷地にふさわしい大伽藍となれば、相応の費用がかかる。

「公方さまに和子さまができぬのは、なにかが邪魔をしている。それを取り払うには、江戸に祈禱のできる場所が要りまする」

　亮賢の一言で始まった護国寺建立は、幕府のなかでも反対が多い。

「天守閣の再建さえままならぬというに、新規の寺院建築に十万両以上を費やすのはいかがなものか」

　明暦三年（一六五七）一月十八日、本郷丸山本妙寺から出火した火事は、江戸城の櫓、建物に被害を出したうえに、天下の象徴ともいうべき天守閣まで焼いた。

「火急のおりに、無用の長物を造る余裕はない」

　当初、焼け落ちたのと同等のものを再建する予定を立てていた幕府だったが、それ以外の表御殿、門、櫓などの再建、被災者への支援などで莫大な金を費やし、さらなる費用のかかる天守閣はあきらめざるをえなかった。

「天下の将軍家居城に天守閣がないなど、諸大名への示しが付かぬ」

「幕府に天守閣を建てるだけの力もないと、天下に知らしめることになる。庶民どもへの庇護を止めてでも、再建すべきである」

天守閣を建てないと発表した当時の幕閣への風当たりは強かった。

「いずれ、幕府の財政が旧に復したならば、天守閣の建造を考慮する」

四代将軍家綱から大政参与を命じられていた会津藩初代藩主で三代将軍家光の異母弟保科肥後守正之が、こうして一同をなだめ、なんとか天守閣の再建は見送られた。

金がなかったから、他に優先すべきものがあった。これをお題目に、天守閣は放棄された。

ならば、金ができ、優先すべきことがなければ、天守閣を再建すべきではないか。

そう思う者が出てきて当然であった。

城は武士にとって、家臣にとって、拠り所である。城さえ無事ならば、まだ大丈夫だ。あの城は落ちない。だから、我々は勝つ。

戦になったとき、武士が士気を保てるかどうかは、居城の安否に左右される。

そして、天守閣こそ城の象徴であった。

周囲を見下ろす高さの天守閣は、かなり離れたところからでも見える。それこそ城下町にいれば、どこからでもその姿を確認できる。

天守閣から火や煙が出ていなければ、城はまだ保っている。

その天守閣が、今江戸城にはなかった。

もちろん、天下は泰平であり、戦いが起こることなどない。ましてや、徳川家に刃向かい、江戸まで軍勢を差し向けられる大名は皆無と言える。

そんな世に天守閣は無用の長物である。しかし、徳川家の直臣であるという誇りを持つ旗本、御家人は違っていた。

「播州姫路、長州萩、備前岡山、安芸広島と天守閣を持つ大名は多い。天下の将軍家に天守閣がないなど恥ではないか」

「徳川に天守閣がないのだ。ならば、諸大名も天守閣を潰し、遠慮を見せるべきであろう」

明暦の大火から復活した旗本、御家人が不満を見せ始めた。

そこへ、広大な寺院の建設である。それも将軍生母の祈願所として、新しい寺を一から建立する。

「将軍家祈願所ならば、寛永寺がある」

「新しい寺などなくとも、江戸には浅草寺、増上寺など名刹がいくらでもある」

「今更新しい寺など不要ではないか」

護国寺を建てると布告されて以来の文句も増えた。

「上野あたりの怪しき僧侶を江戸に迎えるのはいかがなものか」

「何十万両とかかる寺の創建をねだるなど、まともな坊主ではない」

「お伝の方さまがまだ幼いころに、天下人を産む相だと予言したなどというが、眉唾ものじゃ」

とくに江戸では無名である亮賢の評判が悪い。

しかし護国寺のことは、綱吉の指示である。将軍の命は絶対でなければならない。

とはいえ、幕府閣僚たる老中たちにも承服できることとしかねることはある。

「公方さまのお言葉を覆すわけには参りませぬが、せめて規模をいささかでも縮小していただくようにお話しいただけませぬか」

幕府の財政は、明暦の火事から二十六年経って、やっと回復の兆しが見えてきたところである。ここで、大きな出費は避けたい。

かといって遣わねばならぬところに惜しむわけにはいかない。政とは金を貯めこむものではなく、どこに遣うか、どう遣うか、もっとも効果を生むところに投資することである。

老中たちが大老堀田筑前守に、綱吉への取りなしを頼んだのも当然であった。

「お話はしてみるが……」

堀田筑前守が気の進まない顔をした。

「最近の公方さまは、拙者が申しあげることをお聞き取りくださらぬ」

小さく堀田筑前守がため息を吐いた。

「このようにいたしたく存じまするが、よろしゅうございましょうや」

「よきにはからえ」

父と呼ばれるほど堀田筑前守が綱吉に信頼されていたのは、就任一年ほどの間であった。

「これにつきましては、いささか費用がかかりすぎておるようでございまする。今少し倹約を」

「ならぬ。母の求めである」

大奥、とくに綱吉の母桂昌院からの要求を認めない老中たちに、綱吉の怒りが出始めた。

「躬は天下を統べる将軍である。将軍の意をくむのが、執政の役目であろう」

綱吉の根本は朱子学にあった。

三代将軍家光の息子として生まれ、兄家綱の予備として育てられた綱吉である。兄弟相克することのないよう、忠義、孝行を基礎とする朱子学を叩きこまれた。

まちがえても家綱に謀叛(むほん)を起こすようなまねをさせまいと、子供のときから朱子学を含む儒学に触れさせられた綱吉は、それに染まってしまった。

もし、長兄家綱が死の床にあったとき、次兄甲府(こうふ)宰相綱重(つなしげ)が無事であれば、綱吉は五代将軍の座を目指すことはなかった。

長幼の序こそ、守るべきものと考えていたからである。

しかし、綱重は兄家綱より先に世を去っていた。

結果、綱吉の頭を抑える者がいなくなった。御三家、越前松平家も将軍継嗣の資格はあるが、格下になる。年齢が上であろうとも、家の格が下であれば譲ることはない。

綱吉の基準ははっきりとしていた。

忠義と孝行……綱吉が館林藩主だったときの評判はいい。しかし、その根が傾いてしまった。

忠義がなくなった。将軍は武家の頂点である。忠義を捧げる相手ではなく、捧げられる立場なのだ。

忠義と孝行の二足があればこそ、綱吉はまっすぐ立っていられた。その一方がごっそり抜けてしまった。

今の綱吉は、孝行という一本柱の上に立っている。

綱吉にとって、天下の政よりも孝行が大事となった。そして、父家光はすでに亡く、孝行を向ける相手は、母桂昌院しかいない。

桂昌院が賢い女であればまだよかったが、京の西陣織の八百屋の娘でその優れた容色で三代将軍家光の手が付いただけである。天下の政に心を配るような女ではなかった。

「どうして公方さまに和子さまができぬ」

「なんとしても和子さまを」

桂昌院も綱吉のことしか考えていなかった。

将軍にとってなにがもっとも重要な仕事かといえば、子孫を残すことであった。

徳川が将軍であり続けられるのは、初代徳川家康が朝廷から征夷大将軍の地位を授けられたからである。それをわずか三年で息子秀忠に譲り渡すことで、家康は征夷大将軍を世襲制だと天下に示したのみならず、徳川の家業にしてのけた。

家業とは、蹴鞠（けまり）の飛鳥井（あすかい）、書の嵯峨（さが）などのように、代々受け継いでいく役目、特徴、職である。

家康は朝廷を脅し、征夷大将軍を徳川が独占することを認めさせたのだ。

これが徳川の義であった。だが、これは逆に徳川を呪った。家康の血筋が絶えたとき、征夷大将軍にはなれない。家康の血筋でなければ、征夷大将軍は徳川から外れる。

この考えが、徳川を縛り付けた。

正統な血筋を産むために、大奥はできた。将軍以外の男を受け入れないことで、大奥に生まれた子供の疑念を一掃する。

大奥にいる女はすべて、将軍のものである。ここまでして、徳川は将軍に子供を作らせようとした。

桂昌院は、その大奥で子を産み、その子が将軍となった。いわば、大奥の意味を体現したのである。

当たり前のように桂昌院は綱吉の子供を大奥で儲けさせようと考えた。

「公方さまに和子さまができぬのは、前世での悪行が祟っているからでございまする」

護国寺の亮賢が、帰依している桂昌院にささやきかける。

「前世で公方さまは、命を奪いすぎましてございまする。その業が、現世において新たな命の芽吹きを邪魔しておりまする」

「どうすればよい」

亮賢の話に、桂昌院が問うた。

「生類を哀れまれることでございまする。生きとし生けるものを慈しみ、死したものの菩提を弔えば、かならずや公方さまにお世継ぎがお生まれになりまする」

「江戸に来てくれやれ。妾の側で相談に乗ってくれや」

桂昌院は、亮賢を江戸へ招こうとした。

「公方さまのお為になることじゃ。護国寺を江戸に造ってたもれ」

母の強請りに、綱吉が応じた。

「寛永寺、増上寺に優るとも劣らぬものを造れ」

綱吉が命じた。

「承知いたしましてございまする」

将軍の命は絶対である。将軍の言葉を否定する、あるいは拒むということは、身分という秩序を破壊した。秩序の破壊は、武士の世を壊しかねない。

綱吉の指図に堀田筑前守以下老中は従うしかなかった。が、実際に建立にかかると予想以上に金が嵩んだ。

「本堂には、少なくともこれだけの広さが……」

「御仏を祀るのでございまする。柱となる木は、檜の節一つないものでなければ……」

護国寺の僧侶たちが、ここぞとばかりに口出しをしてくる。

「そのようにしてくだされや」

僧侶たちの悪辣さは、普請にかかわっている奉行や老中ではなく、桂昌院へ願いを出すことにあった。

桂昌院は、金の苦労をしていない。なにより幕府は天下を統べている。どれだけの金がかかろうとも、ゆらぐはずなどないと思いこんでいる。

「わかっておりまする」

綱吉は母の願いをすべて呑む。

「さすがにこのままでは、幕府の財政が傾く」

老中たちの危機感は高まり、ついに堀田筑前守を遣って諫言した。

「躬の言うことをきかぬと申すならば、辞せよ」

綱吉は堀田筑前守の進言を拒否した。

「下がれ。不愉快じゃ」

手を振って綱吉は、父とも呼んだ恩人を犬のようにあしらった。

「…………」

無言で頭を下げ、堀田筑前守が御座の間を出た。

「筑前守さま」

「柳沢か」

御座の間を出た入り側で、柳沢保明は堀田筑前守に声をかけた。

「力及ばずだな」

堀田筑前守が苦く頬をゆがめた。

「…………」

柳沢保明はなにも言えなかった。

「公方さまは、もう、余の手を離れられた。喜ぶべきことであろうが……」

堀田筑前守が嘆息した。

「そのようなことは……」

「よいのだ。気を遣ってくれるな」

否定しようとした柳沢保明に、堀田筑前守が首を小さく横に振った。

「今から公方さまに……」

「止めておけ」

わたくしも諫言をと言った柳沢保明を堀田筑前守が止めた。

「公方さまは賢いお方じゃ」

堀田筑前守が、目を閉じた。

「英邁なご資質をお持ちである。でなくば、余は酒井雅楽頭どのに逆らってまで公方さまを五代将軍の座にお就けする気はなかった」

「筑前守さま……」

「徳川の血筋でなければ征夷大将軍になれぬ。これは呪いのようなものだ。養子ができぬわけだからの。どうしても子をなさねばならぬ。直系の和子さまがおられる間は、なんの問題もない。四代家綱さままで徳川は直系を続けられた」

二代将軍秀忠は家康の三男、三代家光は秀忠の次男、四代家綱は家光の長男である。

「直系相続の間は、何も起こらぬ。だが、直系が途絶えたとき、至高の座を巡っての争いが始まる」

「…………」

辛そうな顔をした堀田筑前守に柳沢保明が言葉を失った。

「今回はまだましだった。御三家が口出しをしてこなかったからな。実質、酒井雅楽頭どのの推す宮将軍と綱吉さまのどちらかであった。ああ、綱重さまの跡継ぎ綱豊(つなとよ)さまのお名前はでなかった」

「なぜでございましょう」

「綱吉さまより一代離れるからだ。将軍から数えて綱吉さまは一代、綱豊さまを候補に入れると二代まで認めねばならぬ。そうなれば、御三家の当主も該当する。尾張(おわり)の光友(みつとも)どの、紀州の光貞(みつさだ)どの、水戸(みと)の光圀(みつくに)どのは家康さまの孫だ」

「たしかに」

柳沢保明がうなずいた。

「直系ではなくとも、秀忠さまのお血筋でなければまずい。拡げればいくらでも候補は増える。候補が増えれば、天下が割れる。それぞれに利害がからむからな」

「はい」

「今回はうまくいったが……次は」

堀田筑前守が肩を落とした。

「雅楽頭どのの策が正しかったのかも知れぬな」

「それはどういう……」

呟(つぶや)くように述べた堀田筑前守に、柳沢保明が尋ねた。

「知らずとも良い。いや、まだそなたの身分では知るべきではない。いずれ、そなたが執政の列に並んだとき、誰かが教えてくれるだろう」

堀田筑前守が告げた。

「柳沢よ」

「はっ」

真剣な目つきで見る堀田筑前守に、柳沢保明が応じた。

「小納戸は、公方さまにもっとも近いお役目である。公方さまの意をくみ、その求めに応じることこそ、小納戸の役目」

「心引き締まりまする」

堀田筑前守の言葉に、柳沢保明の背筋が伸びた。

「小納戸は、決して公方さまのご機嫌を損ねてはならぬ。執政や小姓などは、公方さまに諫言申しあげても良い。申しあげねばならぬ。しかし、小納戸だけはいかぬ」

「それはどうして……」

諫言こそ忠臣の最たるものである。綱吉に忠誠を誓っている柳沢保明が混乱した。

「将軍とは孤独なものだ。他人(ひと)に任せようとも、政の責は将軍が負わねばならぬ」

堀田筑前守が、息を継いだ。

「いや、そのていどならば、執政衆が代われるな……将軍は至高じゃ。誰も隣に並べぬ。同じ腹から生まれた兄弟でも、臣下になる。誰も同じところにいてくれぬ。その辛さをわかるか」

「……いいえ」

柳沢保明が首を左右に振った。

小納戸頭の地位は、役人のなかでも低い。毎日顔を合わせる役人は多いが、配下以外はまず格上である。この状態で孤独だなどとは口が裂けても言えなかった。

「余もわからなかった。いや、感じる暇(いとま)などなかった。春日局さまの跡継ぎ、老中堀田加賀守正盛(かがのかみまさもり)の息子として、高みを目指さなければならなかったからな」

懐かしむような目を堀田筑前守がした。

堀田筑前守だけではない。父や祖父、はては先祖でも、執政やあるていど他人から羨(うらや)まれるような名誉ある役目に就いた者の子孫は、そこへ至るのが使命になる。

「お父上どのは、能吏でござったのに……」

「先祖は老中までのぼられたのに、昨今はまったく見るべきものがござらぬな」

届かないときは、世間からの陰口を覚悟しなければならない。

だけならまだいいが、先祖の功績で街道の要地や実高が表高を上回るような領地に封じられている譜代大名などは、いつまでも無役のままでくすぶっていると転封させられることがある。新しい執政に奪われるのだ。そうなれば、裕福だった藩の財政は一気に悪化してしまう。

「老中になってもわからなかった。いや、やっと老中になれたという喜びしかなかった」

父加賀守正盛が三代将軍家光の寵愛を受け、老中にまで上り詰めた。石高に至っては千石から度重なる加増を受け、十一万石になった。ここまで贔屓（ひいき）された加賀守正盛が、家光の死に殉ずるのは当然である。加賀守正盛は家光の後を追った。殉死した者の遺族は格別な扱いを受ける。

こうして堀田家は徳川にとって格別な家柄になった。

加賀守正盛の後を継いだ筑前守の兄上野介（こうずけのすけ）正信（まさのぶ）が失態をおかしたとはいえ、堀田筑前守は咎めを受けることはなかった。しかし、分家だったからか奏者番から若年寄に転じるのに十年、若年寄から老中に九年かかっている。

堀田筑前守が老中になったのは四十六歳のときで、父加賀守正盛の二十七歳就任に比べてかなり遅かった。

「老中になり、酒井雅楽頭どのと争って綱吉さまを将軍へご推戴申しあげたことで大老になった」

五代将軍の継承で綱吉ではなく、鎌倉の故事に倣って京から宮家を迎え、将軍にしようとした大老酒井雅楽頭は、失敗を悟ると職を辞して隠居した。その後に、堀田筑前守が任じられた。

「大老は格別じゃ。なにせ、常にはおかず、井伊、酒井、土井の三家でなければ就けぬ役目じゃ。そこに余が割りこんだ。臣下として最高の地位だ。最初はうれしかったぞ。父をこえられたとな。だが、浮かれていられたのは一カ月だ。大老は、政すべてを監督する。老中のときにあった月番や、担当などない。老中たちも余を格別に扱う。わかるか」

「孤独……」

訊かれた柳沢保明が呟くように言った。

「そうじゃ。余も並ぶ者がおらぬ。先日まで同僚であった老中でさえ、余をはれ物扱いする。御用部屋にいても、絶えず皆の目を感じ、近づけば逃げられる。敬して遠ざけるを地でいっている。知っておるか、今の余の役目を」

「ご執政でございましょう」

柳沢保明が述べた。

「違う。余に政の案件は回ってこぬのだ。そのようなこと、我らがいたしまする。大老どのは、大所高所から見ていてくださいませと、他の老中がさせてくれぬ」

「では、筑前守さまはなにを……」

情けない顔をした堀田筑前守に、柳沢保明が質問した。

「公方さまのご機嫌を損ないそうな話を上奏するだけじゃ」

堀田筑前守が大きくため息を吐いた。

「それで……」

今も堀田筑前守は綱吉の怒りに触れていた。

「なぜ筑前守さまが……」

「あれくらいですむのは、余だけだからよ」

「……………」

綱吉の側近くに仕えているだけに、柳沢保明はその気性の激しさをよく知っていた。

「さきほどの話を他の老中にさせてみよ。今ごろ罷免されておる。公方さまもまだ余にはお気遣いをくださるからな」

堀田筑前守が苦笑した。

「老中まで来ておきながら、誰も辞めさせられたくはなかろう」

「それで筑前守さまが……」

いたましそうな目で柳沢保明が堀田筑前守を見た。

「これも大老の仕事じゃ。公方さまは、和子さまを失われたことでお心が傷んでおられる」

堀田筑前守が口にした。

綱吉の嫡男徳松は、将軍世継ぎとして江戸城西の丸に移って三年で病死した。まだ五歳という幼い息子の死は、綱吉に大きな衝撃を与えた。

「先ほども申したように、公方さまは英邁であられる。かならず徳松さまを失われた衝撃から立ち直られ、幕府を良きように率いていかれるはずじゃ。余はそのお手伝いをさせていただくだけ」

「筑前守さま……」

あきらめたような口調に、柳沢保明は引っかかった。

「余は公方さまにご意見をこれからも申しあげる。それは宮将軍ではなく、綱吉さまを戴く(いただく)と決めた余の仕事である。余は公方さまを家光さまに並ぶ名君にいたさねばならぬ」

堀田筑前守が柳沢保明を見つめた。

「ときには公方さまの敵になることもある。耳に痛いことを申しあげもする。公方さまからすれば、余の変貌に見えるであろう。公方さまを将軍に押し上げた余が、綱吉さまの望みを遮るのだからな」

「…………」

柳沢保明はなにも言えなかった。

「孤独な公方さまを余は助けられぬ。おまちがいは正さねば、公方さまのお名前に傷が付く。それだけは避けねばならぬ。世間に出る前に、お止めする。そのための嫌われ役は余しかできぬ。余に悪名が付くのはかまわぬ。堀田家は父加賀守のときより、将軍家のおためにあるのだからな」

「見事なお覚悟でございまする」

心の底から柳沢保明が感心した。

「頼む、柳沢。公方さまをお支えしてくれ。これは御用部屋に詰めていなければならぬ余にはできぬ。身の回りのことをするためにいつもお側にいる者にしかできぬことじゃ。どのようなことがあろうとも、公方さまを肯定してくれ」

「それでは、公方さまのおためにはなりませぬ」

首を縦に振るだけの家臣は、主君の道を誤らせる。室町幕府最後の将軍となった足利義昭など過去の歴史がそれを如実に語っていた。

「おぬしだけじゃ。執政衆はおもねぬ。老中がしっかりしておれば、政は揺るがぬ。それにずっとではない。公方さまが、お気づきになるまでだ。天下万民こそ、吾が子であるとな。公方さまは聡明なお方じゃ。かならずおわかりになる。それまでの間、頼む」

堀田筑前守が柳沢保明の手を握った。

「ご大老さま……」

ここまでされて意気に感じなければ、男子ではない。

「承知致しましてございまする。お側にあるかぎり、わたくしめは公方さまのすべてをお支えいたしまする」

「かたじけないぞ、柳沢。では、またの」

満足そうにうなずいて堀田筑前守が離れていった。

「真の忠臣とは、筑前守さまのことを申すのであろう」

柳沢保明が、その大きな背中を見送った。

翌貞享元年（一六八四）八月二十八日、大老堀田筑前守正俊は、従兄弟の若年寄稲葉石見守正休によって城中御用部屋前で刃傷を受けた。

「なにをする」

「慮外者」

城中でもっとも人の多い御用部屋前での惨事である。

争う音に気づいて出てきた老中たちが、血刀を堀田筑前守に叩きつけている稲葉石見守に気づき、その場で討ち果たした。

「騒がしいの」

御用部屋と御座の間は隣り合っている。当然、その騒ぎは綱吉の耳に入った。

「見て参れ」

「はっ」

命じられた小姓が出ていった直後、老中大久保加賀守忠朝が血相を変えて御座の間へ駆けこんできた。

「大事にございまする。大事に……」

「なりませぬ」

綱吉に近づこうとした大久保加賀守の前に柳沢保明が立ちはだかった。

「どけ、邪魔をするな」

大久保加賀守が柳沢保明を突き飛ばそうとした。

「殿中でござる。お手のものをお離しあれ」

よろめきもせず、柳沢保明が指摘した。

「なに……あっ……」

大久保加賀守があわてて握りしめていた血刀を後ろへ捨てた。

「ご無礼をいたしました」

一礼して柳沢保明がさがった。

「……助かった」

小声で大久保加賀守が礼を言った。非常事態とはいえ、将軍の前に抜き身を提げて出ては、ただではすまなかった。鯉口三寸（約九センチメートル）切れば、切腹が決まりである。事情が事情だけに、勘案されて切腹まではいかないだろうが、老中罷免は避けられない。

「公方さま……」

「そうか。筑前がか」

大久保加賀守の報告を聞いた綱吉は淡々としていた。

「…………」

恩人でもある寵臣の悲劇に対して冷たすぎる綱吉に、柳沢保明が息を呑んだ。

「ただちに医師を」

柳沢保明が綱吉に進言した。

「そうじゃの。名医を用意いたせ」

綱吉が首肯した。

数カ所を滅多刺しにされた堀田筑前守はまだ息があった。しかし、なぜかこのとき外道医師ではなく、本道医が呼ばれた。

綱吉の一言で、表御番医師ではなく、偶然登城していた寄合医師奈須玄竹に話が回された。

奈須玄竹は先代が家光の奥医師であり、天下の名医として知られた人物であった。二代目奈須玄竹も若いとはいえ、本道の研鑽は積んでいたが、外道はまったくの門外漢であった。結果、堀田筑前守は止血代わりに布を巻き付けられただけに終わった。

「戸板での下城を許す」

大老とはいえ、江戸城では家臣でしかない。乗物を用いることはできなかった。綱吉の許しを得るまで堀田筑前守は、御用部屋前の廊下に放置された。

堀田筑前守は翌日不帰の客となった。

「家督は認めるが、大手前の屋敷は取りあげる」

喧嘩(けんか)両成敗にしなかったのが綱吉の情けであった。不意に襲われて抵抗できなかったときも武士としてふさわしからずと咎を受けるが、それもなかった。

だが、堀田家は大手門を出たところにある、譜代最高の屋敷地を取りあげられただけではなかった。一年後、堀田家は街道の要地であり、実りの多い下総古河(こが)から、出羽山形(でわやまがた)へ移された。さらに一年で陸奥福島(むつふくしま)へと転封される。陸奥福島は実高が表高の半分もない貧しいところで、これはあきらかに懲罰であった。

「……………」

位人臣を極めた堀田家の没落を柳沢保明は目の当たりにした。

「刃傷のおりの振る舞い殊勝である」

大久保加賀守を止めた行為が綱吉の心を捉(とら)え、こののち柳沢保明は寵臣になる。

貞享二年、従五位下出羽守に叙されたのを端緒とし、元禄(げんろく)元年（一六八八）新設された側用人に抜擢(ばってき)、一万二千石を与えられて大名となった。その後も加増を受けつづけ、元禄七年には老中格七万二千石、最終は老中上席甲府藩主十五万千二百石の大大名にまでのぼった。

「公方さまのお言葉こそすべて」

どれだけ立身を重ねても、柳沢出羽守は綱吉に向けて意見を述べることはしなかった。

小納戸　あとがき

時代小説やテレビの時代劇でも、あまり耳にしない役職が小納戸であろう。字面だけを見ていると、ものを仕舞う納戸の管理をするように思える。

もちろん、幕府には納戸方という役目はあるが、小納戸よりも格下でまったく別物であった。

小納戸は将軍の身の回りの世話をする役目であった。

若年寄支配で、役高五百石、役料三百俵（ただし家禄千石をこえる場合はなし）で定員は決まっていない。

また、仕事柄、将軍近くに控えていなければならず、他の役目のような休息を取るための下部屋はもちろん、詰めの間さえも与えられていなかった。

設置されたのもいつかはわかっていない。記録には、文禄の役のころに小納戸を命じられた者もいたらしいが、実際どのような役目を果たしていたのかまではわかっていない。

幕府の役職就任離任を記録した『柳営補任』でも、十一代将軍家斉からしか小納戸の記載はなく、かなり謎に満ちている。

はっきりとしだすのは、家綱のころからである。家綱の御世には、二十人ほどが小納戸に任じられている。

それほどの数ではない。これは将軍がまだ武家の統領としてあったからだろう。

武将は戦場へでたら、あるていど、自分のことは自分でしなければならないのだ。すべてを人任せにしていては、敗走したときなど困る。

小納戸の仕事も、それほど多くはなかったと思われる。

しかし、泰平が続き、将軍が幕府の飾りとなるに連れて、小納戸の数は増えていった。幕末近くになると軽く百人をこえた。これではまずいと考えたのか、増えた人件費に青くなったのか、元治（げんじ）元年（一八六四）定員は四十二人に削減された。

もっともこれは一瞬で崩れた。既得権益の縮小はいつの間にかうやむやになるのが常である。小納戸が廃された慶応（けいおう）二年（一八六六）の記録では、じつに百四十人に及んでいる。

百四十人もの数が要る。将軍の日常がどれだけ、過保護であったかわかろう。それこそ、朝起きてから夜寝るまで、どころか寝ている間も、人手がかかわっていた。

実際、将軍は小便をするときも手助けされ、大便の後始末まで小納戸にさせていた。

これで戦場に立てるはずはない。長州征伐が失敗に終わったのも当然であった。

幕府は天下を統一した武将が朝廷から大政を委任されて開くものであ

る。鎌倉幕府も、室町幕府も、徳川幕府も同じである。

乱れた世を力ずくでまとめあげた武将だけに許される特権が、征夷大将軍の地位と幕府である。

自分で自分のことを何一つしない将軍に、戦場での指揮や、人心掌握などできるわけはない。徳川幕府が倒れたのも当然の帰結であった。

小納戸の数は幕府の寿命に反比例する。小納戸がいなかったとされる家康、秀忠のころの幕府は強かった。

家康は、身の回りのこと一切を自分でしたと言われている。これは、子供のころ、織田や今川に捉われ、世話をしてくれる家臣さえいなかったからだろう。

敵地で人質生活、いつどうされても文句は言えないという生い立ちも影響したのか、家康は終生人を信用しなかった。家康は死の直前まで医師の診断は受けても、自分で調合した漢方薬しか飲まなかったらしい。

秀忠もまた戦国に生きた武将であった。偉大な父の陰に隠れて凡庸なイメージしかないが、自分のことくらいはできた。

問題は生まれたときから将軍の子供であった家光以降である。家光の時代、小納戸が何人だったかという記録はないが、生後すぐに乳母春日局のもとで育てられたことから考えても、自分のことすべてができたとは思えない。

大奥から将軍世子となって表御殿へ移った家光の身の回りの世話を誰かがしなければならない。乳母の春日局を家光に張りつけておくわけにもいかないのだ。おそらくこのころに小納戸の役目が決まっていったのではないかと筆者は考えている。また、家光には命の危険もあった。なにせ同母の弟忠長と将軍の座を争ったのだ。家康の裁定で次の将軍と決まったとはいえ、忠長は健在であり、家光を嫌い抜いている生母御江与の方もいる。

いつ毒を盛られるかわからない。

毒味には小姓がいるだろうと思われるかも知れないが、その小姓が信用できない。まだ将軍世子と決まる前の家光が病に倒れたとき、介抱役だった小姓はうなされる家光を放置、忠長の機嫌を取りにいった。

こういう経験をした家光が、小姓を信じられるはずはなかった。新たな信用の置ける毒味役を求めたのは想像に難くない。身の回りの世話をするとして新規募集されたであろう小納戸のなかから毒味役が選ばれたのは自然の流れである。

このほか、小納戸には月代御髪係という役目もあった。これは、将軍の髷を整える役目で、剃刀や鋏を扱った。しかも将軍の後ろに回って剃刀を使用する。絶対の信頼がなければ、この役目はできない。

小納戸は将軍の信頼を受ける者であった。

しかしながら、新しい役目というのもあろうが、小納戸の地位は低い。幕府の役職の順位を纏めた大概順（たいがいじゅん）によると、小納戸は六十五番目になる。もっとも、この大概順には、老中、若年寄、京都所司代などの大名職は含まれないので、実際はもっと下になる。

同じく将軍の側に仕える小姓が四十一位であるのを見ても、相当低い。ちなみに小納戸頭の項目は大概順にはのっていない。というのは、小納戸頭というのは、常設の役目ではなかったからである。

設置の歴史もあやうい小納戸だけに、その頭もはっきりしない。

初代の頭と類推されているのは、寛永（かんえい）十六年（一六三九）、書院番士伊藤某（なにがし）が任じられた小納戸奉行である。だが、この伊藤が二の丸留守居に栄転したあと、小納戸奉行は空席になる。四年後、今度は小納戸から小納戸頭に二名が同時昇進するが、これも二人が異動すると後任は選ばれていない。

この後、八代将軍吉宗が、小納戸四名を小納戸頭に任命している。が、これも後年までかならず設置されたものではなかったようだ。

ちなみにこの小納戸頭四名は、すべて吉宗が将軍になるとき、紀州から引き連れてきた者であった。

これからも小納戸が、将軍の信頼厚い者であったことがわかる。

といったところで、将軍が万近い旗本のなかで誰が信用できると知っているはずはない。では、どうやって新しい小納戸は選出されたのか。

無役や他の役職に就いている者などで小納戸へ就きたいと願う者は、得意な学問、武芸、特技を記した短冊を奥右筆（おくゆうひつ）部屋へあらかじめ提出しておく。

小納戸に欠員、あるいは追加が必要となったとき、支配である若年寄、間近でその職務を見守るお側御用取次が短冊に目を通し、これならと思う者に面接を施す。

父母の忌日、病気などの事情があれば、面接日は変更された。ここだけを見ると、現在の就職面接よりも優しい。

面接は二次、三次とあり、そのたびに落とされる者が出る。こうして厳選し、候補が五名くらいになったところで、最終面接がおこなわれる。

最終面接は将軍による面体確認であった。

吹き上げお庭まで呼び出された候補たちを、五間（約九メートル）ほど離れたところで将軍が見て、気に入った者を選んだ。

なんと、最後は将軍の好き嫌いであった。当たり前といえば、当たり前である。すぐ側に仕えるのだ。気に入らない者では将軍もたまったものではない。

こうして小納戸に任じられた者は、三日以内に麻の裃（かみしも）で登城し、特技を将軍の前で披露した。弓の得意な者は射を、能筆な者は書を、四書五経ならば朗読をおこない、とくに優れていると認められた者は、吹き上げお庭に設けられた小納戸用の稽古場（けいこば）、学問所で教授方を務めた。教授方を命じられても役料などは増えなかったが、稽古場、学問所の掃除などの雑用は免じられた。

またこのときの特技次第で、配属が決まった。これは重要であった。月代御髪係など手先の器用な者でなければ、大事になる。

将軍の近くで用をこなす。誠心誠意仕えるだけでなく、気働きも求められる。

難しい役目だが将軍だけでなく、老中、お側御用取次などの要職の目に留まりやすく、出世もしやすかった。

それだけに小姓になれるほどの名門でない旗本たちにとって、小納戸は垂涎の役目であった。

柳沢美濃守吉保、田沼主殿頭意次の父意行も小納戸を経験している。老中上席になった柳沢吉保は言うまでもないが、田沼意行も紀州家の足軽の出から六百石の旗本にまで立身している。不幸にして小納戸頭のときに病死したが、意行がここまで出世したことが、のちの田沼意次を生み出したことはまちがいない。意行のお陰で田沼家は布衣格となり、意次は初役で九代将軍家重の小姓に任じられた。

初役が小姓というのは名門旗本の扱いであり、これで意次の立身出世は約束された。

されど小納戸もよいことばかりではなかった。

小納戸は失敗が目立つ役目でもあった。

しかも失敗の相手は将軍である。

「不埒者」

「そなたの顔などみたくもない」

こう将軍に怒鳴られ、咎めを受ける者も多かった。謹慎ですめば幸い。罷免されれば、将軍に嫌われたとの悪評が付きまとい、二度と浮かびあがることはなかった。

「そこ、動くな」

よほど将軍を怒らせたのだろう。幕初には、お手討ちになった者もいた。

人も羨む出世か、命だけでなく家ごと潰される手討ちか。

どちらにせよ、小納戸が気を遣う役目であったことだけはまちがいない。

本書は書き下ろしです。

武士の職分
江戸役人物語

上田秀人

平成28年 10月25日　初版発行
令和7年 1月20日　4版発行

発行者●山下直久

発行●株式会社KADOKAWA
〒102-8177　東京都千代田区富士見2-13-3
電話　0570-002-301(ナビダイヤル)

角川文庫 20021

印刷所●株式会社KADOKAWA
製本所●株式会社KADOKAWA

表紙画●和田三造

ISBN978-4-04-102623-6　C0193

角川文庫発刊に際して

角川源義

第二次世界大戦の敗北は、軍事力の敗北であった以上に、私たちの若い文化力の敗退であった。私たちの文化が戦争に対して如何に無力であり、単なるあだ花に過ぎなかったかを、私たちは身を以て体験し痛感した。西洋近代文化の摂取にとって、明治以後八十年の歳月は決して短かすぎたとは言えない。にもかかわらず、近代文化の伝統を確立し、自由な批判と柔軟な良識に富む文化層として自らを形成することに私たちは失敗して来た。そしてこれは、各層への文化の普及滲透を任務とする出版人の責任でもあった。

一九四五年以来、私たちは再び振出しに戻り、第一歩から踏み出すことを余儀なくされた。これは大きな不幸ではあるが、反面、これまでの混沌・未熟・歪曲の中にあった我が国の文化に秩序と確たる基礎を齎らすためには絶好の機会でもある。角川書店は、このような祖国の文化的危機にあたり、微力をも顧みず再建の礎石たるべき抱負と決意とをもって出発したが、ここに創立以来の念願を果すべく角川文庫を発刊する。これまで刊行されたあらゆる全集叢書文庫類の長所と短所とを検討し、古今東西の不朽の典籍を、良心的編集のもとに、廉価に、そして書架にふさわしい美本として、多くのひとびとに提供しようとする。しかし私たちは徒らに百科全書的な知識のジレッタントを作ることを目的とせず、あくまで祖国の文化に秩序と再建への道を示し、この文庫を角川書店の栄ある事業として、今後永久に継続発展せしめ、学芸と教養との殿堂として大成せんことを期したい。多くの読書子の愛情ある忠言と支持とによって、この希望と抱負とを完遂せしめられんことを願う。

一九四九年五月三日